U0123732

KUWEI

酷威文化

图书 影视

莫泊桑
短篇小说选

Selected Stories
of
Guy de Maupassant

[法]

居伊·德·莫泊桑

著

常非常

译

台海出版社

图书在版编目（CIP）数据

莫泊桑短篇小说选 /（法）居伊·德·莫泊桑著；
常非常译 . -- 北京：台海出版社，2022.8
ISBN 978-7-5168-3272-1

Ⅰ.①莫… Ⅱ.①居… ②常… Ⅲ.①短篇小说－小
说集－法国－近代 Ⅳ.① I565.44

中国版本图书馆 CIP 数据核字 (2022) 第 059084 号

莫泊桑短篇小说选

著　者：[法]居伊·德·莫泊桑　　　　译　者：常非常

出 版 人：蔡 旭　　　　　　　　　　责任编辑：俞艳荣

出版发行：台海出版社
地　　址：北京市东城区景山东街 20 号　　邮政编码：100009
电　　话：010-64041652（发行，邮购）
传　　真：010-84045799（总编室）
网　　址：www.taimeng.org.cn/thcbs/default.htm
E - mail：thcbs@126.com

经　　销：全国各地新华书店
印　　刷：北京永顺兴望印刷厂
本书如有破损、缺页、装订错误，请与本社联系调换

开　　本：880 毫米 ×1230 毫米　　　1/32
字　　数：150 千字　　　　　　　　印　张：7
版　　次：2022 年 8 月第 1 版　　　印　次：2022 年 8 月第 1 次印刷
书　　号：ISBN 978-7-5168-3272-1

定　　价：39.80 元

目录

c o n t e n t s

c　o　n　t　e　n　t　s

划船

去年夏天，我在离巴黎几法里的塞纳河畔租了一所小农舍，每晚都在那儿过夜。几天后，我结识了一位邻居，其人三四十岁，我认识的人里头再没有比他更古怪的了。他长年在水上划船，也是十分酷爱划船的，一天到晚要么在岸边，要么在船上，要么在水里。我敢打赌他一定是在船上出生的，等到辞别尘世时，也肯定是在"最后一次划船"时。

一天晚上，我们俩在塞纳河边溜达，我要他讲讲水上生涯的趣闻轶事。这家伙马上眉飞色舞起来，仿佛变了个人，口若悬河、头头是道，甚至可以说诗意盎然。在他内心深处涌动着壮丽的激情，一股吞噬一切、不可抵挡的激情，那就是对塞纳河的热爱。

"啊！"他嚷嚷着说，"在我们旁边流淌着的这条河，我有很多关于它的回忆！你们这些住在繁华大街上的人是不懂河是咋回事的。可是你听听一个渔人是怎么说河的吧。对他来说，河是神秘、深沉、不可知的，在那儿能看到变幻莫测、光怪陆离的景象。在夜晚，你会看到许多实际上并不存在的东西，听到陌生、奇怪的声响。你会不由自主地颤抖，像是经过墓地一样，而塞纳河也确乎是最阴森、最可怕的墓地，只不过那里的死人没有坟茔。

"陆地对渔人而言是有界限的，然而在没有月亮的夜晚，河水却显得浩渺无边。水手对大海都没有这样的感觉。确实，大海冷酷、暴虐，但它会号叫、咆哮，它是正大光明的！可河流却默不作声，阴险狡诈。它不会号叫，总是静静流淌。这种永不止息的流动比起大海上的滔天巨浪更令我胆战心惊。

"有些梦想家声称在大海深处隐藏着广袤的蓝色区域，在那里溺死的人，尸体会在大鱼之间、在奇异的水下森林与水晶洞穴里翻滚。然而日出之时，河水荡漾，轻抚着河岸，岸上芦苇飒飒低语，水面粼粼波光，那时的塞纳河真是美丽绝伦。

"提到大海，诗人 [①] 说：

'浪涛啊，你们知晓多少悲伤的故事！

跪倒在地的母亲是多么畏惧

涨潮时你们相互间的低语！

---

① 指雨果，下面的诗来自他的《黑暗之海》。

当你们向我们汹涌而来，诉说着往事，

在日落黄昏时，那是何等绝望的调子……'

"而我呢，我觉得比起那些咆哮的海浪讲述的故事，纤细的芦苇柔声细语的诉说更为哀婉动人。

"不过，既然你要我讲讲往事，我就跟你说说十年前我遇上的一件蹊跷事儿吧。

"那时候我跟现在一样，住在拉封大妈的房子里，我最要好的伙计路易·贝尔内住在下游两法里①外的 C 村，他现在已经不划船了，为了进参议院，他放弃了这种多姿多彩又放荡不羁的生活。那个时候我们俩天天都在一起吃饭。有时在他那边，有时在我这边。

"有天晚上，我一个人回来，累得精疲力竭，费力地划着我那条大船，那可是一条十二英尺②长的'游艇'，我晚上的时候老是使唤它。快到铁路桥前两百米左右的芦苇岬角那儿时，我停下来歇了口气。天气好极了，皓月当空，水光接天，空气宁静而温和。这静谧的气氛蛊惑了我，我就寻思着，要是在这儿抽上一斗烟那肯定十分惬意。一不做二不休，我就抓起船锚，扔到了河里。

"我的船很重，又是顺流而下的，等链子放完了，就停住了。我

---

① 法国从前的长度单位，1 法里约合 4000 米。

② 英美制长度单位，1 英尺等于 12 英寸，合 0.3048 米，0.9144 市尺。旧也作呎。

让自己舒坦地坐在船尾那块羊皮垫子上。四下里阒寂无声，只是偶尔能察觉到极其轻微的河水拍打河岸的声响，还有一丛丛高出一头的芦苇在夜色中呈现出意想不到的形状，不时摇摇晃晃。

"河水很宁静，然而我却因为四周这不寻常的沉寂隐隐不安。所有的动物，青蛙啦，蟾蜍啦，都默不作声。近在咫尺的地方，有只青蛙猛地叫了一声，把我吓了一跳。它又沉默下来。再也听不见别的声响。我想抽会儿烟散散心，可是尽管我是出了名的烟瘾大，却没法抽下去。不知为何，刚抽了两口就觉得恶心，只好作罢。我又开始哼小曲，可是发出的声音我自己听了都觉得十分难受，只好摊开手脚躺在船上仰望天空。有一阵子还算平静，但没过多久，船身轻轻地晃动让我紧张起来。我感觉它在剧烈地左右摇摆，碰触河岸；又感觉仿佛有一股无形的力量缓缓地将它拽向河底，忽而又把它托起，让它再掉下去，就像在暴风雨中那样上下颠簸；又听见周围有各种杂音；我蓦地起身：水面波光闪闪，一切平静如昔。

"我意识到自己的神经有点过度紧张了，决定离开这里。我拉了拉锚链，船开始动了，接着我感觉到一股阻力；我又使劲拽了一下，但锚没有动。它似乎钩到了河底的什么东西，才让我一直拉不上来；我又试着扯了扯，还是不行。我便划动双桨，让船转了个弯，朝着上游，改变锚的位置，但还是没用，锚仍旧卡在河底；我烦躁起来，摇撼着链子，锚还是纹丝不动。无计可施，我只好坐下来，仔细考虑现在的处境。弄断链子？那是不可能的。把锚和船分离开？也没有可能。锚链很粗，而且固定在船头一块比我的胳膊还粗的木头上。好在天气不错，也许很快就能碰上一个渔夫可以帮我一把。我想着，这倒霉事儿既然遇上了，也只有认命吧，便冷静下来，踏踏踏实坐着抽了阵子烟斗。突然想到，我还带了一瓶朗姆酒，喝了两三杯以后，就为自己的处境笑起来。天暖和得很，大不了就露天过个通宵，也没啥要紧的。

"突然，船舷传来一声轻微的闷响。我大吃一惊，从头到脚冒了一身冷汗。这肯定是一段顺流而下的木头，但它也吓得我再次精神紧张起来。我又抓起锚链，绷紧了全身的肌肉，用尽吃奶的力气，锚还是牢牢不动。

"与此同时，河面上渐渐笼罩了浓浓白雾，贴近水面蔓延开来。当我站起来时，不光看不见河面，连我的脚、我的船也看不见了。唯一能看到的，就是芦苇的顶梢，以及远处月光下白茫茫的原野，一棵棵意大利杨树的黑影直伸向空中。我腰以下的部位就像被特别白的棉花埋了起来。脑袋里各种离奇的念头纷至沓来，我想到有人可能会趁我啥也看不清爬上我的船；我觉得在那被浑浊的白雾掩盖的河水里，肯定布满了奇怪的生物，在我周围游动。我感到很不自在，脑门发紧，心跳得快要窒息了；我失去了理智，有一瞬间竟然起了泅水逃走的念头，转眼间这念头又让我怕得浑身颤抖。我想象着自己在浓雾中漫无目的地漂流，在没法避开的水草和芦苇间挣扎，吓得直喘粗气，看不到河岸，也找不回自己的船；自己的脚则好像被什么东西生拉硬拽到黑沉沉的水底。

"确实，我至少要逆流游五百米，才能找到一处没有水草和芦苇的地方上岸，十有八九我会在这样的雾里迷失方向。无论我水性多好，都会被淹死。

"我试图让自己冷静下来。我感到自己内心有一种强烈的、无所畏惧的意志，可除了这种意志，还有些别的什么东西，正是这东西让我感到害怕。我问自己害怕的可能是什么；我勇敢地自我嘲讽着那个胆小的自己；我从未像那天那样清晰地认识到内心两个自我的对立，一个渴望行动，另一个在反对，每一方都轮流占上风。

"那愚蠢的、无法接受的害怕越来越强烈，最后成了真正的恐惧。我一动不动地待着，眼睛也睁得大大的，耳朵支起来，等待着，等待着。等待什么呢？我不晓得，但毫无疑问是极其可怕之事。不说别的，要是有条鱼从水里跳出来——这种事并不少见——估计我也会吓得晕过去。

"不过，在我的努力克制下，终于勉强恢复了理智。我又拿起朗姆酒，大口地喝着。之后我又想出一个主意，冲着四面八方，使出全身力气一声接一声扯着嗓子呼喊着。等嗓子彻底喊哑了之后，我侧耳倾听了一下——远方有犬吠声。

"我又喝了些酒，想尽量把身体伸展开。保持着这个样子有一两个小时，睁着眼，毫无睡意，周围都是噩梦般的幻象。我不敢起身，可又特别想起来；就这么一分钟一分钟地拖延下去。我跟自己说：'起来吧，起来！'可我却害怕着，不敢动。最后，我终于万分小心地起身了，好像哪怕弄出最轻微的声响都会关系到我的生死一般。我越过船边望了出去。

"呈现在眼前的也许是我见过的最奇妙、最惊人的景象，它把我迷住了。这是仙境才有的魅惑景象，是从远方异域而来的旅行者所讲述的让人难以置信的风光。

"两个小时前笼罩在河面上的白雾渐渐退却，聚集到了岸上。河面重新显露出来。两边岸上各自形成六七米高的、连绵不绝的小山，在月光的映照下，如同盖了一层白雪，闪着璀璨的光。除了波光粼粼的河面和两岸白茫茫的雾山，别的什么都看不见；而在头顶上方则是一轮满月，又圆又大，清辉闪耀在抹着乳白色的碧空。

"水里的动物都醒过来了；青蛙拼命叫着，蟾蜍冲着星辰喧闹吵嚷，那短促、单调的哀鸣时而在左，时而在右，令人感到悲伤。奇特的是，我不再感到害怕，眼前的景象如此光怪陆离，哪怕再发生不可思议的事我也不会觉得惊奇。

"不知这一切持续了多久，因为我终于还是沉沉睡去。等我再睁开眼，月已西沉，天空阴云密布。水声凄清，风声萧瑟，天气很冷，夜色深沉。

"我喝光剩下的朗姆酒，打着哆嗦，听着芦苇的飒飒声与河水阴森森的流淌之声。我想看看四周，可是非但看不清我的船，就连放在眼前的手都看不见。

"不管怎样，黑暗还是逐渐消退了。猛然间，我感觉有个影子从很近的地方掠过；我吆喝了一声，对方回应了我——是个渔夫。我向他求助，他划过船来，我跟他讲了自己倒霉的处境。他将自己的船与我的并排靠在一起，我们合力拉锚链。锚还是拉不动。已经是破晓时分了，正是阴沉沉、灰蒙蒙、又湿又冷的天气，那种会给人带来烦忧与不幸的天气。我又看到另一条船，我们朝那边呼唤了几声。那条船上的人也过来帮我们；一点一点地，锚终于松动了。它上来了，慢慢地，慢慢地，被相当的重量拖拽着。最后我们看到一堆黑东西，将它拉上了船。

"那是一具尸体，一个老女人，脖子上还挂着一块大石头。"

修椅子的女人

献给莱昂·艾尼克 [1]

　　德·伯特郎侯爵为庆祝开猎举行的宴会正接近尾声。十一位参加游猎的绅士，八位年轻女士，还有一位当地的医生。大家围坐在烛火辉煌的大桌子周围，桌上摆满了鲜花和水果。

　　话题转到了爱情上。一场热烈的辩论开始了。争辩的是那个亘古不变的老问题：真心投入的爱情只有一次还是可能有多次？有人举例说一生中只会有一次真心实意的恋爱；又有人说多次谈情说爱，每次都爱得死去活来的例子也屡见不鲜。总体而言，男士都主张激情就像疾病，同一个人会害病好多次，倘若遇到阻力，则有可能致命。这一见解似乎难以反驳，女士们却基于浪漫而非实际观察的想法宣称：真正的爱情、伟大的爱情，只会降临在凡人头上一次，这样的爱情就像闪电，被它击中的心灵从此便被掏空、蹂躏、焚毁，不会有

---

① 莱昂·艾尼克（1851—1935年），法国作家，莫泊桑的朋友，与莫泊桑都是以左拉为首的梅塘晚会的成员。

别的热情，甚至梦想，在这片废墟上再次萌生。

作为一个恋爱过多次的人，侯爵起劲地反驳道："我跟你们说，全身心地多次投入恋爱是有可能的。你们提到那些为了爱自杀的人，好像是证明了这些人不会有第二次的热恋。我对此的回答是：如果他们没有做出自杀的愚蠢行为——自杀了当然就没有再次坠入爱河的机会了——他们就能痊愈，会再次去爱，一次又一次，直到他们寿终正寝为止。恋爱就像酒瘾，喝过酒的人会继续喝，爱过的人也会继续爱。这是一个人的秉性问题。"

他们让那位曾经在巴黎行医，年老后退居乡下的医生做仲裁，问他对此事的意见。

他没有明确的意见："正如侯爵先生所说，这是个人秉性的问题；至于我，我曾经见过有人的激情持续了五十五年之久，没有一天间断过，至死方休。"

侯爵夫人拍手说："太动人了！被人这样深爱着，是多么美妙的梦啊！五十五年一直生活在铭心刻骨的情感里，这是何等的幸福啊！那位被如此深爱的男子是多么快活、多么庆幸啊！"

医生微笑道："夫人，有一点您说对了，这个被如此爱着的人的确是个男子。您也认识他，就是村子里的药剂师舒盖先生。至于那个女人，您也见过，就是那个每年来府上修椅子的老妇人。不过这事儿我得仔细讲讲。"

女士们的兴致消退了。她们厌恶的表情似乎在说：呸！爱情只能降临在优雅、显贵的人身上，只有这样的人才配得到体面人士的关心。

医生继续讲了下去："三个月前，我被请去给一个临终的老妇人看病。这位老妇人是坐着她那辆可以当成家的马车过来的，拉车的那匹老马你们也都见过，还有两条狗给她作伴，既是她的朋友也是她的保镖。村里的神父已经过来了。她委托我们两个做她的遗嘱执行人。为了让我们理解遗嘱的真正意义，她向我们讲述了她的一生。我从未听过比这更特别、更感人的故事。

"她的父母都是修椅子的。她从未有过固定的住所。

"小时候，她是个流浪儿，穿得破破烂烂，身上爬着虱子，脏兮兮的。一家人会把马车停在村头的水沟边，卸下马鞍，放马去吃草；狗也会把脑袋搁在爪子上打瞌睡；小女孩在草地里打滚；她的父母就坐在路边的榆树荫下修补村里的旧椅子。在这个流浪之家，他们彼此几乎不说话。商量完由谁去村里走街串巷地吆喝那句众人皆知的'修椅子咧'之后，他们就会再次陷入沉默，开始面对面或者并排坐着搓麦秸编椅子。每次女孩走得远了，想跟村里的孩子交朋友时，她父亲就会怒气冲冲地叫住她：'还不赶紧回来！臭丫头！'这是她听过的唯一的温情话语。

"等她长大一点，他们就让她去村里收坏了的椅子。那段日子她不时在这个村那个镇结识一两个孩子，现在就轮到这些孩子的父母喊他们了：'赶快回来！无赖！再让我抓住你跟要饭的说话，看我不……'

"男孩们经常朝她扔石子。

"有好心的女士给她几个苏①，她就把它们藏起来。

"她十一岁那年，有一天经过我们这块地方的时候，在公墓后面，邂逅了小舒盖。有个朋友偷走了他两个里亚，他待在那儿哭鼻子呢。在她这个流浪儿朦朦胧胧的想象里，这样有钱人家的孩子，应该总是心满意足、兴高采烈的，现在却泪流满面，这个场景深深触动了她。她走近小舒盖，得知他哭泣的缘由后，把自己所有的积蓄——总共七个苏，一股脑儿都放到了他手里。小舒盖擦干泪水，理所当然地接受。因为太高兴了，她大胆地吻了他。大概那个时候，小舒盖的注意力都在钱上，就默许了她的吻。发现自己既没有被推开也没有被打，她又接着吻他。她抱着小舒盖，使出浑身的劲儿来吻他，后来便逃走了。

"她那可怜的小脑瓜里在想什么呢？她爱上了那个男孩，是因为她为他牺牲了自己所有的财产，还是因为她给了他自己热情的初吻？无论对孩子还是对大人而言，这都是个谜。

---

① 法国旧时货币单位，一法郎等于二十苏。一个苏等于四个里亚。

"接下来的好几个月，她一直对那片墓地和那个男孩念念不忘。为了能再见他一次，她从父母那里偷钱，从修理费或买东西的餐费里偷钱，这儿偷一个苏，那儿偷一个苏。

"等她再回到这块地方时，兜里已经攒了两个法郎，但她只能在店外隔着橱窗，从红色药瓶和绦虫标本的夹缝中看一眼那位穿着干干净净的小药剂师。

"可望而不可即，只能让她更爱他。彩色的药水和闪闪发光的玻璃器皿，让她如醉如痴、心荡神驰。

"她把这些无法磨灭的记忆铭记于心。第二年，她在学校后面碰到了正在跟朋友玩玻璃球的他，马上就向他扑过去，抱住他拼命地吻，吓得他大叫。为了让他平静下来，她给了他自己的钱：三法郎二十里亚，这可以说是一笔真正的财富了，他睁大眼看着。

"他收下了这笔钱，让她尽情爱抚自己。

"接下来的四年，她把自己的积蓄倾尽在他身上；他以允许亲吻作为交易条件，心安理得地将这些钱收入囊中。一次是三十苏，一次是两法郎，一次只有十二苏（这让她伤心欲绝、羞愧无比，可年景真的很差），最后一次是一个又大又圆的五法郎银元，让他心满意足地笑了。

"那个时候，她满脑子想的都是他，而他也会有些焦急地等着她的到来；看见她时，他会跑过去迎接，这让女孩的心欢喜雀跃。

"之后他不见了，被送去了寄宿学校。这是她拐弯抹角地打听出来的，她想了很多种巧妙的斡旋手段改变父母的路线，让他们在学校放假期间从附近经过。苦心谋划了一年，她总算成功了。距上次见他，已经隔了两年，他的变化很大，几乎要认不出了：他长得更高、更英俊了，穿着学校的金纽扣制服，神气十足。他假装没看见她，从她身边高傲地走过。

"她为此痛哭了两天，也是从那个时候开始，迎来的便是无穷无尽的折磨。

"她每年都会回来一次，从他面前经过，却没有打招呼的勇气，而他也从未屈尊瞄她一眼。她疯狂地爱着他。她跟我说：'医生，我眼里只有他，完全看不到这世上别的男人的存在。'

"她的父母死了。她继承了父母的职业，不过又多养了一条狗。这两条凶恶的狗谁也不敢去挑衅。

"一天，她又回到了这个让她魂牵梦萦的村子，远远看到有个年轻女子挽着她的心上人走出药店。他结婚了，那是他的妻子。

"就在这天夜里，她跳进了镇政府广场上的池塘。有个在外面待到很晚的酒鬼把她捞出来，送到了药店。年轻的舒盖穿着睡衣下楼，给她治疗，看上去仿佛不认识她。他脱了她的衣服，为她做按摩，厉声对她说：'你疯了！有谁会这么愚蠢？'

"这一句话足以让她康复了。他跟她说话了！她开心了好久。

"她坚持要付诊疗费，但他怎么也不肯收下。

"她的一生就这样度过了。修椅子的时候，也总是想着舒盖。每年她都会透过橱窗看看他。她养成了从他那里购买零星药品的习惯，这样就能在近处打量他，跟他说说话，多给他点钱。

"正如我一开始说的，今天春天她死了。讲完整个悲伤的故事以后，她请求我将她一生的积蓄交给这个她无怨无悔地爱着的人。她干活仅仅是为了他，有时为了省点钱，不惜忍饥挨饿，只为在她死后舒盖至少能再想她一次。

"于是她给了我两千三百二十七法郎。我给了神父二十七法郎作为安葬费用，在她咽气后带走了剩下的钱。

"次日我去拜见了舒盖夫妇。他们刚吃完饭，面对面坐着。两个人都胖乎乎的，红光满面，身上散发着药剂的味道，还有一股心满意足、自命不凡的神气。

"他们请我落座，给了我一杯樱桃酒，我接受了。接下来，我饱含深情地讲述自己听来的故事，以为他们听了会潸然泪下。

"舒盖一听那个四海为家的修椅子的女人爱着自己，就火冒三丈，好像她剥夺了自己的名声、体面、尊严、荣誉，那些比生命还要可贵的东西。

"他的妻子和他一样愤愤不平、不断重复地说：'那个乞丐婆子！要饭婆子！'仿佛再也找不到别的话可说了。

"舒盖站起来，在桌子后面来回地走，帽子偏到一边的耳朵上，嘟囔着说：'医生，你能理解吗？这种事儿对男人来说太可怕了！有什么办法啊，要是她还活着，我非让警察把她抓起来，扔进监狱不可！一辈子也甭想出来！我敢保证！'

"自己一片好心，竟落得这样一个结果，我不禁愕然，不知该说些什么、做些什么才好。不过，既然受人之托，就该完成自己的使命，便继续说：'她让我把她的积蓄交给您，总共两千三百法郎。既然刚刚那些话对您来说极其不愉快，那么最好还是把这笔钱用来做慈善吧。'

"这对夫妻目瞪口呆地望着我。

"我把钱从兜里掏出来。这笔钱不知是从多少地方辛苦挣来的，有各种不同的纹样，金币、铜币混杂着。我又问：'你们怎么决定呢？'

"舒盖夫人先开口了：'好吧，既然这是那个女人的临终遗愿，我觉得我们很难拒绝。'

"她丈夫有些茫然失措，跟在后面说：'我们总能用这笔钱给孩子们买点东西。'

"我冷冷地说：'那就随你们便吧。'

"他又继续说：'好，既然她嘱托您了，那我们就收下，总能想办法用在公益上。'

"我给了他们钱就告辞了。

"第二天舒盖过来找我，说：'那个……那个女人把她的马车也留在这儿了吧。您打算怎么处理？'

'还没想过。你要是想要，就拿去吧。'

'那好，我正好派得上用场，可以把它放在菜园里做棚子。'

"他正要离开，我又叫住他：'她还留下一匹老马和两条狗。你想要吗？'

"他愣住了，停下脚步说：'哦，不，我才不想要。我拿它们能干什么？你随便处理吧。'接着，他笑了笑，冲我伸出手，我跟他握了握。你们不会指责我吧？有什么办法呢，在一个村子里，医生是不能跟药剂师闹矛盾的。

"我把狗养在了自己家里。神父家里有个大院子，他把马牵过去了。舒盖用马车做了菜园里的棚子，用那笔钱买了五份铁路公司的股票。

"这是我一生中见识过的最深挚的爱情。"

医生沉默下来。侯爵夫人满眼泪水，叹息道："的确，只有女人才懂得如何去爱啊！"

皮埃罗

献给亨利·鲁宗 [1]

　　勒弗菲尔太太是一位乡下女士，一个寡妇，还带着一半城里人的习气，喜欢穿缎带衣服、戴荷叶边帽子，和那种说话经常犯连音上的错误、大庭广众之下装得很神气的人一样，他们滑稽可笑、花里胡哨的外表下掩藏着一个自命不凡的、庸俗的灵魂，就如他们将又红又粗的手掩藏在生丝手套里一般。

　　她雇了一个善良、纯朴的乡下姑娘做女仆，名字叫萝丝。

　　她们住在诺曼底——科区的中心，一幢公路旁带绿色百叶窗的小房子里。

　　屋子前有一块狭长的园地，她们在那里种了几样蔬菜。

　　有天晚上，有人偷走了十几颗洋葱。

　　萝丝发现洋葱被偷，立刻跑去告诉女主人。女主人穿着羊毛衬

---

[1] 亨利·鲁宗（1853—1914年），法国散文家、小说家，莫泊桑的朋友。

裙就下了楼，她们感到又难过、又害怕。有人偷东西！勒弗菲尔太太被偷东西了！看样子这一带有贼，他们很有可能还会再来。

两个吓坏了的女人仔细查看着那些脚印，你一言我一语地揣测："瞧，他们是从这条路上走的，他们是从这儿爬上墙，又从这儿跳到了菜地边上。"

一想到往后的日子她们就觉得害怕，现在还怎么安安稳稳地睡觉呢？

被偷的消息一传开，邻居们都来了，他们勘察了现场，七嘴八舌地议论。每来一个人，两个女人就跟对方解释她们观察的结果和想法。

一个附近的农民给了她们一个建议："你们该养条狗了。"

对，她们该养条狗，碰上什么事的话，哪怕叫几声也好啊。大狗当然不行，天啊，养大狗怎么受得了？它会把太太的家产全吃光的。养一条小狗就行了，一条会叫的小狗就行。

等大家都走了，勒弗菲尔太太又跟萝丝商量了好一阵子养狗的事。思量过后，她提出了各种各样的反对理由，一想到装满狗食的碗她就怕得不行；她属于那种精打细算的乡绅太太，会在钱包里装着零钱，好当着人面施舍给路边的乞丐，或是做礼拜时放在教堂的募捐盘子里。

萝丝喜欢小动物，拐弯抹角地表达了自己的意见，巧妙地说服了太太。于是她们打定主意养一条狗，一条很小很小的狗。

她们开始到处找狗，但找到的只有大狗，喝起汤来吓死人的那种大狗。洛尔维尔的杂货店里倒是有一条很小的狗，但他要两法郎的饲养费才肯出让。勒弗菲尔太太表示，她是想养一条小狗，可不想买一条。

面包房的老板知道了这些事，有天早上，他用车拉来一个小怪物。它全身黄毛，腿短得几乎跟没有一样，体如鳄鱼，头似狐狸，尾巴向上翘着，跟身体其余部位一样长，如同头盔的翎饰。老板说，他有个顾客不想养它了。这个小东西别人看了觉得恶心，但由于不用花钱，勒弗菲尔太太觉得它还挺好看的。萝丝吻了它，问它叫什么名字。面包房老板答道："皮埃罗。"

她们把狗安置在一个旧肥皂箱子里，先给它弄了点水，它喝了；又给它拿来一块面包，它也吃了。勒弗菲尔太太看着有些胆战心惊，不过马上有了主意：等它习惯了家里，我们就把它撒开，让它在村子里逛游，总能找到吃的。

她们也确实撒开了它，让它自己游荡，只是它还是免不了挨饿。而且，它饿了就会嗷嗷叫着要饭吃，不给的话，它就叫个不停。

菜园子谁都能进来，不管谁来了，皮埃罗就过去巴结一番，一声都不叫。

尽管如此，太太还是习惯了它，甚至渐渐喜欢上它了，经常亲自喂它，把蘸了肉汤的面包一口一口地喂给它吃。

只是她从未想过办理养狗证的费用。"要付八法郎，夫人！"当她被要求为这个连叫都不会叫的小狗支付八法郎时，她大吃一惊，简直要晕过去。

她当即便打定主意，不要皮埃罗了。可是，没别的人想要它。方圆十法里的居民都拒绝收养。最后，实在没有别的解决方法，她们决定送它去"啃泥巴"。

在诺曼底的方言里，"啃泥巴"就是把狗扔到泥灰岩坑里。谁有想脱手的狗就送它去"啃泥巴"。

在广阔平原的中央，人们可以看到一种小窝棚，与其说是小窝棚，不如说是一个小茅草屋顶支在平地上。这里就是泥灰岩坑的入口。一口竖井一直深入地下二十米的地方，下面是一系列长长的矿坑道。

每年需要用泥灰肥田的季节，都会有人进入坑洞一次。其余时间它都被用作劫数难逃的狗的公墓。如果有人走近洞口，经常会听到哀号、怒吼或绝望的惨叫，以及悲凉的求救声。

猎人和牧羊人的狗如果走到回荡着呻吟声的坑洞边，就会立刻惊慌地跑开；当你俯身朝下看时，会有一股让人恶心的腐臭从里面扑鼻而来。

在下面那一片黑暗里，上演着可怕的惨剧。

一条狗在坑洞底下，靠着吃早先死掉的那些狗的腐臭尸体，垂死挣扎了十来天以后，一条新的、更大、更强壮的狗，突然被扔进来。它们俩就待在那儿，只有它们俩，忍受着饥饿，两眼发光，互相打量着，互相跟踪着，担惊受怕，犹豫不决，然而饥饿驱使着它们。它们互相攻击，长久的激烈搏斗之后，强壮的吃掉虚弱的，活生生吃掉了它。

决定让皮埃罗去"啃泥巴"以后，她们就到处打听谁愿意干这个差事。在大路上干活的修路工人愿意，要价六个苏，对太太而言，这可有点太离谱了；邻居家的学徒只要五个苏，还是太贵了。萝丝说，不如她们亲自带它去，这样狗就不会在路上遭到虐待，不至于提前知道自己的厄运。她俩决定晚上去。

那天下午她俩给了皮埃罗一盆加了黄油的汤，它舔得一滴不剩。正在它高兴地摇尾巴时，萝丝抱起它，兜到了围裙里。

她们在原野上慌张地大步走着，就像两个小偷。很快，她们就看到了泥灰岩坑。来到坑边，勒弗菲尔太太俯下身子倾听下面有没有狗的呻吟。没有，没有狗在里面。皮埃罗会单独待在里面。于是萝丝哭着亲了亲它，然后把它扔进洞里。她俩都弯下腰竖起耳朵听着。

先是听见一声闷响，接着便是狗受伤后凄惨而刺耳的尖叫，然后是一连串短促、痛苦的悲鸣，最后是绝望的叫唤，这是狗仰向洞口，发出的痛苦的哀求。

它现在哎哟哎哟地叫啊，叫啊；天啊，这是它在叫吗？

她们感到后悔、害怕，还有一种疯狂的、无法解释的恐惧。她们迅速跑开了。由于萝丝跑得更快，太太在后面不住地喊："等等我，萝丝，等等我！"

夜里她们老是做噩梦。

太太梦见自己坐在桌子前面喝汤，但等她掀开碗盖时，皮埃罗却在里面。它跳起来咬住了她的鼻子。

醒来后她还是觉得自己能听见皮埃罗在叫，又仔细听了听，才知道弄错了。

她又睡过去，发现自己走在一条大路上，一条没有尽头的大路上。她走着走着，猛然间在路中间看见一个篓子，一个农家用的大篓子，扔在那儿没人要了。这个篓子把她吓坏了。尽管如此，她还是打开了它，缩在里面的皮埃罗，一下咬住了她的手，再也不松口。她惶恐不安地跑开，狗就挂在她的胳膊下面，牢牢咬住一直没松口。

天刚破晓，她就起来了，疯了似的跑到泥灰岩坑边。

它在那里哀号着。它还在哀号，一整夜都在哀号。她开始抽泣，向它召唤，用各式各样亲热的称呼召唤它。

她打定主意把它弄上来，保证让它快活，只要它还活着。

她跑到负责开采泥灰岩的矿工那儿，跟他描述了自己的情况。

那人一声不响地听着。等她说完，他说："你想要回你的狗，出四法郎吧。"

她吓了一跳，哀伤一扫而光。

"四法郎！你死也拿不到这笔钱！四法郎！"

他答道："那你觉得我把自己的绳子、绞车费劲地搬过去，架起来，再和我的儿子下去，弄不好还会被你那个该死的狗咬伤，就是为了把它带给你，哄你开心吗？你当初就不该扔它下去。"

她愤愤不平地离开了："四法郎！"

她一到家，就叫来萝丝，告诉了她这件事：矿工居然敢跟她要这么多钱！一向顺从的萝丝重复说："四法郎！太太，这可是一大笔钱啊！"

然后她又说："我们往下扔点吃的，喂喂那可怜的小狗，别让它饿死，怎么样？"

勒弗菲尔太太很高兴地同意了，她们又回到坑洞那儿，带着一大块涂了黄油的面包。

她们把面包切成一小块一小块地扔下去，轮流跟皮埃罗说话。小狗吃完一块，又哀号着再要一块。

晚上她们又来了一次，第二天也来了，然后天天都来。现在已经成了例行公事。

这天早上，正要扔下第一口食物，她们忽而听见洞里有一声特别可怕的犬吠。有两条狗！有人又扔了一条狗下去，一条大狗！

萝丝喊道："皮埃罗！"皮埃罗一声又一声地叫着。她们开始往里扔食物，可每次都能清楚地听见一阵让人胆战心惊的撕咬声，接着便是皮埃罗嗷嗷的惨叫声，这是让它的同伴咬了，它的同伴更强壮，把扔下来的食物全吃了。

"这是给你的，皮埃罗！"她们喊。可这毫无用处。很明显，皮埃罗一点都吃不到。两个女人面面相觑，都呆住了；勒弗菲尔太太别扭地说："我可没法把扔下去的狗全包养下来，只能不管了。"

一想到下面所有狗都要靠她养活，她就窝着一肚子火，转身就走，剩下的面包也带走了，边走边吃。

萝丝跟在后面，不住地用蓝围裙的一角抹着眼泪。

恐惧

献给 J.-K. 于斯曼 ①

晚餐后我们又回到甲板上。面前的地中海，水面没有一丝涟漪，倒映着大大的、宁静的月亮，光影斑驳。巨大的轮船在水面滑行，向着如同播撒了星子的天空抛出一股黑色巨蟒般的烟柱。在我们身后，急速前行的船激起纯白色的水花，被螺旋桨搅动着，泛着泡沫，就好像在痉挛似的，并且扬起许多光点，让人觉得好像月光沸腾了。

我们有七八个人，默默欣赏着夜景。视线转向遥远的非洲，那里是我们的目的地。船长也在我们中间，抽着雪茄，忽而又说起晚餐时的话题。

"对，那天我是害怕了。我的船让海水冲到岩礁上，足足有六个小时动弹不得。幸运的是快到晚上的时候，一艘英国的运煤船发现并救了我们。"

---

① 于斯曼（1848—1907 年），法国小说家，莫泊桑的朋友，梅塘晚会的成员。

这时有位高个的男子说话了。他的脸晒得黝黑，表情严肃，可以感觉到他是那种有着钢铁般勇气的人，游历过很多远方异域之地，从未停止过冒险，冷静的眼睛深处像是保存着它们见识过的奇异风景。

"船长，你说自己害怕了，我可不相信。你误解了这个词的意思，也误会了你自己的感觉。一个精力充沛的人从来不会感到害怕，面临迫在眉睫的危险时，他会觉得兴奋、激动、焦虑，但害怕则是另外一回事。"

船长笑着回应："哪里的话！我跟你保证那次我是真的害怕了。"

古铜色脸膛的男子用低沉的音调继续说道："我说得更清楚点吧。最大胆的人也知道恐惧，恐惧是一种可恶、讨厌的感觉，就像灵魂在溶解，脑和心在可怕地抽搐，只要一回想起来就痛苦地战栗。但倘若一个人有勇气，无论是面临敌人进攻，还是无可避免的死亡，或任何常见的险情，他都不会害怕。只有在一些特定的反常情形中，在特定的神秘影响下，面对说不清楚的危险时，才会感到恐惧。真正的恐惧就像是重温过去想象的可怕景象。一个相信鬼魂的人在夜里想象着自己看到了一个幽灵，肯定体验着最为可怕的恐惧。

"至于我，大概十年前在光天化日之下朦胧体会到了恐惧是什么；去年冬天十二月的一个夜晚，又真切感觉到了恐惧。

"不过，我是遭受过很多危难时刻的，很多时刻都差点丢掉性命。

我参加过很多次战斗。强盗曾经误以为我死了，把我扔在一边。在拉丁美洲，我曾作为叛乱者被判处绞刑。在中国海岸附近，被人从甲板上扔到海里。每次我都以为要完蛋了，但很快就听天由命，没有胆怯，甚至也没有后悔。

"可是恐惧是另外一回事。

"在非洲我预先体验了一次。但恐惧是北方的产儿，阳光很快把它像雾一样驱散了。记住这点，在东方①，生命是无价值的；一个人很快就会听天由命；那里的夜晚晴朗，没有在严寒国家那种萦绕头脑的阴沉的紧张感。在东方，你会体验到惊惶，但不知道害怕。

"闲话少说，还是讲讲非洲大地上发生的那件事吧。

"我当时正穿越瓦尔格拉的大沙丘，这是世界上最怪的地域。你们都见过海岸上那平直的、绵延不绝的沙滩，那么想象一下龙卷风中的大海变成沙地吧；想象一下黄沙的波浪安静矗立的景观吧；那些黄沙的波浪大小不同、形状各异，像山一样高耸入空中，宛若滔天巨澜，但更为庞大，像是湿了的丝绸，上面还有一道道的条纹。南方那炎热的骄阳毫不留情地在那沉寂不动的狂怒沙海上直直倾泻着烈火。你不得不爬上那些金色灰烬的波浪，挪下来，再爬上去，再挪下来，不停地爬啊挪啊，没法休息，没有阴凉。你的马就剩下最

---

① 欧洲人习惯将北非的埃及、阿尔及利亚等国家也称为东方。东方在这里更多是一个文化概念而非地理概念。

后一口气了，沙子直没到膝盖，从那些不寻常的沙丘的缓坡上下去时还会滑倒。

"我们是两个人，我与我的朋友，八个阿尔及利亚骑兵跟着我们，还有四头骆驼和它们的驼夫。我们都已被炎热和疲惫压垮了，不再说话，就跟燃烧的沙漠一样干渴难熬。忽然间，我们当中有个人发出了一种可以说是叫喊的声音；大家都停下来，一动不动，被一种无法解释的现象惊呆了，对于在这荒凉之地的旅行者来说，这种现象或许是很常见的。

"在我们附近，没法分辨哪个方向，传来一阵敲鼓的声音，这便是沙丘的神秘之鼓；鼓声很清晰，时而激烈，时而轻柔，断断续续，周而复始，不可思议。

"阿拉伯人①都吓坏了，面面相觑；其中一个用他们自己的语言说：'死神来了。'确实如此，陡然之间，我的同伴，我那情同手足的朋友，头朝下从马上摔下来，他因为中暑昏厥过去了。

"在接下来的两小时里，在我徒劳地竭尽全力想救他的时间里，那不可捉摸、单调、绵延不绝、不可理喻的鼓声一直回荡在我的耳边；一种真正的、可恶的恐惧渗入我的骨髓，面对着挚友的尸体，在烈日灼烧的四个沙丘之间的洞穴里，距离任何法国村落都有两百法里，

---

① 指前面提到的阿尔及利亚骑兵。

而那陌生的回音却给我们带来急促的鼓声。

"那一天我理解了害怕是什么；后来有一次我理解得更深了……"

船长打断了他："先生，抱歉打断一下，不过你说的那个鼓声，到底是什么？"

这位旅行者回答道："我不知道。谁都不知道。那里的军官经常被这种奇怪的声音惊到，他们大都将其归因为回声——雹子一样的砂砾被风卷起，敲击着一簇干草的声音。被波浪般起伏的沙丘放大、扩增、膨胀到完全不成比例的地步；他们注意到这一现象总是发生在那些被太阳晒得像羊皮纸一样干硬的小植物附近。

"因此，鼓声不过是一种听觉上的海市蜃楼而已。但我是后来才知道这一点的。

"现在再讲讲我第二次体会到恐惧的事儿吧。

"那是去年冬天，法国东北部的一片树林中。夜色比往常提前了两个小时降临，天空阴沉沉的。我找了一个农民做我的向导，我们并排走在一条狭窄的路上，狂风从冷杉的顶部呼啸而过。透过树冠之间的缝隙，可以看到大片错乱的云朵在天空中四散奔逃，似乎在逃避某种可怕之事。时不时会有一阵狂风把整个树林吹得朝同一个方向弯下身子。尽管我步履匆匆，又裹着厚厚的外套，寒气还是侵入我的身体。

"我们准备在一个守林人的家里吃晚饭，住上一宿。他那里离得不是很远。我要去那边打猎。

"我的向导不时会抬一抬眼，嘟囔着：'天气真糟糕啊！'然后他又对我讲起我们将要拜会的这家人。老头子在两年前曾杀死过一个偷猎者，此后他就似乎被某种回忆所萦绕，整个人看上去非常的阴郁。他的两个已经结婚的儿子，仍旧和他住在一起。

"夜色沉沉。我看不清前面有什么，树上的枝丫互相撞击，无尽的嘈杂声充斥着夜空。终于，我见到一丝亮光。不久后我的向导就敲响了门。回应我们的是女人尖厉的叫喊。之后是一个男人压低着声音问：'是谁？'我的向导报出了自己的名字。我们进去了。面前的景象真令人难忘。

"一个眼神狂乱的白发老人，手里举着上了膛的来复枪，站在厨房中央等待着我们。两个健壮的大块头拿着斧头守在门边。我还看见黑暗的角落里有两个跪着的女子，脸遮起来贴着墙。

"我们介绍了一下自己。老人把枪放回墙边，吩咐给我布置房间；女人们没有马上起身，他突然对我说：'看到了吧？先生，两年前的今天我杀了一个人，去年他回来传唤过我，今晚我要在这儿等候他。'

"然后他用一种让我忍俊不禁的语调说：'我们定不下来，就是为了这个。'

"我很高兴自己这天晚上正好在这里，见证了这源于迷信的恐惧情景，我想尽量说些能够让他释怀的话。我讲了些故事，几乎让每个人都平静下来了。

"火炉旁边有一条老狗，几乎快瞎了，胡子很多，你们知道吧，就是那种长得很像人的狗。它鼻子靠在爪子中间，趴在那儿睡觉。

"外面无休无止的狂风在捶打着屋子。靠近门的地方有一个类似窥视孔的狭窄窗格，一道巨大的闪电划过，我猛然从那里看见一大堆树木被风吹得乱七八糟。

"尽管我努力宽慰他们，还是清楚地意识到他们的心已经被恐惧牢牢抓住。每次我一停下讲话，所有人都会侧耳倾听着远方的什么东西。我厌倦了这种无知的畏怯，正要告辞去睡觉，老守林人突然从椅子上跳起来，又抓起了枪，心慌意乱、结结巴巴地说：'他来了！他来了！我听见他了！'两个女人又捂着脸蜷缩到角落里；两个儿子又拿起斧头。我正要再试着安抚他们，那条睡觉的狗忽而醒了过来，抬起头，伸长脖子，用它几乎失明的眼睛盯着炉火，发出那种让乡间夜行人不寒而栗的悲鸣。所有人的眼睛都盯着它；它一动不动地站着，像是被一种幻象困扰，它开始冲着某个见不到、不知道是什么却似乎很可怕的东西，'呜呜呜'地号叫起来。它的毛都耸起来了。守林人狂怒地喊道：'它见着他了！它感觉到他了！他就在我杀死他的那个地方！'那两个失魂落魄般的女人跟狗一起呜呜长号起来。

"我的肩膀不由自主地剧烈战栗。在这些绝望的人中间，那条狗在这样的时刻、这样的地方所见的幻象，是令人毛骨悚然的。

"那条狗就那么一动不动地吼了一个小时；他仿佛是因为梦中的剧痛而嘶吼一样；恐惧，可怕的恐惧降临在我身上；我在怕什么？我可知晓？只知道这是恐惧，如此而已。

"我们都一动不动，焦灼地等待着可怕的事，支着耳朵，心脏狂跳，最轻微的声响都让我们大为震动。狗又开始在屋里绕圈子了，在墙根四处闻一闻，同时一直在呜咽着。这狗要把我们逼疯了！这时，给我做向导的那个农民在极度恐慌下，猛地扑上前去，打开通往小院子的门，把狗扔了出去。

"狗这下安静下来；可我们却陷入了更为可怕的沉寂之中。突然，我们全都吓了一跳：有东西在摩擦隔开树林的围墙；然后它来到大门那儿，仿佛在用一只迟疑的手碰触门；接下来的两分钟里，我们没再听见别的声响，这让我们都要疯了；然后它又回来了，还在摩擦围墙，它轻轻地挠着墙，就像小孩用手指甲在抓它一样；接着窥视孔那儿出现了一颗头颅，眼睛如同野兽一样在夜里闪光的白色头颅。它的嘴里发出含糊不清的、哀怨的低语。

"可怕的爆炸声响彻厨房。老人开了枪，他的儿子紧接着冲上前，用长条桌堵住窥视孔，又将餐具柜顶在上面。

"我向你们发誓，随着那声让我始料未及的巨响，我的整个心灵、身体感到如此巨大的痛楚，几乎要因恐惧晕厥而死了。

"我们在那儿一直待到黎明，在那难以描述的、恐慌的紧张中，既不敢动，也说不出话。

"阳光从百叶窗的缝隙中照进来之前，没人敢从那个通道口撤防。

"那条老狗躺在墙脚大门的旁边，下巴让子弹打碎了。

"它是在尖桩篱笆下面挖了个洞，从院子里出去的。"

古铜色脸膛的男子沉默了一阵，又接着说："然而，那天晚上我并未身处险境；可是，我宁愿重温那些最糟糕的时刻，也不愿回想冲着窥视孔外那个长胡子的头颅开枪的一刹那。"

骑马

这对可怜的夫妇靠着丈夫微薄的薪水过着艰难的生活。婚后他们生了两个孩子，本来捉襟见肘的处境变成了卑微、遮掩、羞惭的贫困，那种没落贵族无论如何硬要撑起门面的贫困。

爱克托·德·格力博朗是在外省长大的，在他父亲的农庄上，由一个教会长老教导成人。他们并不富有，但还能维持体面、勉强过活。

二十岁时，家人为他谋得一个职位。他进了海军部做科员，每年一千五百法郎薪水。就像所有早年没有做好准备与艰苦生活搏斗的人；就像所有隔着一层云雾看待生活，不知道如何采取必要手段、养成持久耐力的人；就像所有没有自幼接受熏陶，训练出专业的本领、才能，也没有坚定的毅力面对斗争的人；就像所有手里没有武器和工具的人，他触礁搁浅了。

他在科里待的前三年糟糕至极。

好在他遇上了几位世交，都是些没钱的老古董，住在圣日耳曼区凄凉的贵族街上，从此他算是有了个交际圈。

这些手头拮据的贵族对现代生活毫无所知，既自卑又傲慢，住在死气沉沉的楼房顶层。这些住客从上到下都有显赫的封号，但看上去从底层到六楼，大家都缺钱。

永恒的偏见，对等级的念念不忘，对保持门第尊贵的忧虑，让这些盛极一时但因无所事事而衰落的家族寝食难安。就在这样的圈子里，爱克托遇到了一个跟他一样出身高贵，也一样穷的女子，他们结婚了。

四年里，他们有了两个孩子。

在这四年里，由于贫困，除了周日在香榭丽舍大道上散散步，还有每年冬天靠着同事给的一两次优待票去戏院度过的屈指可数的几个夜晚，他们没有别的消遣可言。

不过，你瞧怎么着，到了这年春天，上司指派他做了个额外任务，他拿到了三百法郎的奖金。

带着这笔钱回到家，他对妻子说："亲爱的亨利埃塔，这下我们可得好好乐一乐，比如跟孩子们出去玩玩什么的。"

讨论了好久，他们决定去乡间野餐……

"叫我说，"爱克托嚷嚷着，"难得出去玩，我要给你和孩子们还有女佣雇一辆四轮马车，我呢，要在马术学校雇一匹马，对我来说那就太好了。"

他们整个星期就没谈别的，只商量这次的远游计划。

每晚从科里回家，爱克托就抱起大儿子。让他岔开腿坐在自己膝盖上，用力颠着他，说："下周我们去郊游，爸爸骑马就是这样，嘿！"

孩子一天到晚都骑在椅子上，拖着它满屋子转悠，喊道："爸爸骑马啦！爸爸骑马啦！"

就连女佣，一想到他要骑马陪着马车，都是用景仰的眼神望着她的雇主；每次吃饭时她都会听到他高谈阔论马术的事儿，听到他回忆去年在父亲庄园上的种种英勇事迹。啊，他可是受过正规训练的，只要两腿跨上马背，他便无所畏惧，什么都不怕！

他摩拳擦掌地一再对妻子重复说："要是他们给我一匹难以驾驭的马，那才正合我意呢。你就会看到我骑得有多出色；要是你愿意，我们回来时，别人从布洛涅森林回来，我们就绕道从香榭丽舍大道回来。那样我们多有面子！要是碰上一两个部里的人，我是不介意的，正好可以让上级对我另眼看待。"

这一天终于来了。四轮马车和准备给他骑的马同时被带到门前。他立刻下去检查他的坐骑。他挥舞着前天买好的马鞭，裤腿下面则已经缝好了束带。

他把四条马腿一根一根抬起来摸了摸，又按了按马的脖子、肋骨、跗关节，用一个手指头测了测马的腰背，又掰开它的嘴，审视牙齿，说出马的年龄。这时他的家人都下了楼，他发表了一通简短的即席演说，从理论到实务，从一般的马到面前这匹马，他宣称这是匹骏马。

等大家都在车里坐好，他又检查了一下肚带，然后，从一个脚蹬腾空而上，潇洒地坐到马鞍上，马一感觉到他的重量就乱跳起来，差点把他摔下鞍。

爱克托慌了，连忙安抚那匹马："乖啊，别乱动，好伙计，别乱动啊！"

等坐骑恢复了安定，骑手也恢复了平衡，骑手问："都准备好了吗？"

大家都说："好了。"

于是他发号施令道："出发！"

这一大队人马动身了。

所有眼睛都注视着他。他有意地随着马的步伐夸张地上下起落，屁股刚一落到鞍上，就又蹿起来，仿佛要跃入空中一般。有好多次，他像是要扑倒在马脖子上了；他两眼直直盯着前方，神情紧张，脸色苍白。

他妻子抱着一个孩子，女佣抱着另一个，不住地重复说："看爸爸哦！看看爸爸哦！"

两个孩子陶醉于马车的颤动、内心的欢乐还有新鲜的空气，都在厉声尖叫。马被这样的喧哗吓坏了，狂奔起来。骑手竭力想勒住它，结果帽子飞落到地上。车夫不得不跳下马车给他捡帽子。爱克托从他手里接过帽子，向妻子远远喊道："别让孩子们那么喊叫，要不然马就驮着我跑没影了！"

他们在维西内公园野餐，吃他们用盒子带来的食物。

尽管有车夫照看着所有马匹，爱克托还是每分钟都起来一趟，看看他骑的马是否缺什么；他拍着它的脖子，喂它吃面包、点心、糖。他说："它很壮，跑得挺快，不好对付，刚开始还想把我甩下来，可你也瞧见了，我很快就坐稳了；它现在认我了，服服帖帖的了，再也不会胡闹乱动了。"

他们照着原来的计划从香榭丽舍大道回来。

大道上塞满了车马。两边散步的游人众多，就如从凯旋门到协和广场绷着两条长长的黑色缎带。灿烂的阳光照耀着人群，车上的油漆，马具上的钢，车门的把手都熠熠生辉。

人、车、马，都为一种运动触发了狂热，为一种生活的迷醉激动着。远处的方尖碑在金色雾霭中巍然耸立。

爱克托的马一过凯旋门，身上登时焕发了新的活力，尽管骑手一再想让它平静下来，它却在车辆间快速小跑、蜿蜒前行，直奔马场方向。

现在马车远远落在了后面；瞧啊，前面就是工业部大厦了，这匹马见这里不怎么拥挤，就往右一拐，撒开蹄子大步流星地闯过来。

有个系着围裙的老妇人正不紧不慢地横穿马路，挡在了飞奔而来的爱克托前面。爱克托管不住自己的坐骑，只好嘶破喉咙大叫道："小心！闪开！小心！"

老妇人兴许是聋了，仍旧若无其事地走着，直到被火车头一般冲上来的马撞倒，翻了三个跟头，衬裙飞扬起来，滚到了十步开外。

到处都是喊声："拦下他！"

已经吓呆了的爱克托紧紧抓住马鬃，大叫着："救命啊！"

他猛烈地颠了一下，子弹似的发射出去，越过马耳朵，正好掉进一位警官的怀抱中。这位警官是过来截住他去路的。

转瞬之间，一大群人聚集过来，指天画地，狂怒地叱骂他。一位老绅士，说得具体一点，是一位戴着圆形大勋章、留着大白胡须的老绅士，格外义愤填膺。他不停地说："真该死！那么笨，不会骑马就该老老实实待在家里，别跑到街上害人！"

继而有四个人抬着那个老妇人出现了。她看上去像死了一样，脸色蜡黄，帽子歪着，沾了土，灰突突的。

"把这位女士抬到药店去，"老绅士吩咐说，"咱们带他去警局。"

两个警官夹着爱克托走开了，另一个牵着他的马。一大群人跟在后面；这时他们的四轮马车忽然驾到，他妻子冲出来，女佣六神无主，孩子们哇哇大哭。他向妻子解释了原委，说他会马上回家，他撞倒了一个女人，但干系不大。他的家人惶惶不安地退下了。

在警局里，三言两语就把事情说清楚了。他报出自己的姓名，爱克托·德·格力博朗，在海军部供职；他们等待着伤者的消息。被派去打听的警察回来了。老妇人已经恢复意识，但说自己痛得要命。她是个给人打扫屋子的女工，叫西蒙太太。

听说她没死，爱克托又有了希望，他保证自己会支付医疗费。然后便匆匆赶赴药店。

门外挤了一大堆人；那老妇人，倒在一张扶手椅上，正在呻吟，手无力地垂着，脸呆呆的。两个医生正在给她做检查。胳膊、腿都没事，但他们担心会有内脏损伤。

爱克托问她："很痛吗？"

"嗯，痛啊！"

"哪里痛？"

"肚子里火烧火燎的痛啊！"

一位医生走向前："先生，您是这次事故的肇事者吗？"

"对，先生。"

"最好把这位妇人送到疗养院去；我知道有个疗养院可以接收她，六法郎一天。您同意我为您办理吗？"

爱克托很是欣慰，感谢了他。他如释重负地回到家。

妻子正泪汪汪地等他，他宽慰她说："伤势并不严重，那个西蒙太太已经好多了。三天后她就能完全康复了；我已经送她去了疗养院，没什么要紧的。"

没什么要紧的！

次日下了班，他赶去慰问西蒙太太。她正在心满意足地喝肉汤。

"怎么样了？"他问。

她答道："哎哟，可怜的先生，还是老样子啊，我感觉全完了，一点都没好。"

医生说，有必要再等等看，伤情可能突然恶化。

他等了三天再过去，老妇人脸色滋润，两眼炯炯有神，一见他就开始哼唧。

"我动不了啦，可怜的先生，再也动不了啦。直到我咽气都这样啦。"

一阵寒战渗入爱克托的骨髓。他征求医生的意见。医生举起双手，说："有什么办法呢，先生。我也弄不清楚啊。你一抬她，她就哎哟哎哟地叫唤。哪怕给她挪一下椅子，她都会发出惨叫。我只能相信她说的话，又不能钻到她肚子里瞅瞅。只要没见她下地走路，我就没权利说她是撒谎啊。"

老妇人纹丝不动地听着，眼里闪着狡黠的光。

一周过去了，半个月过去了，一个月过去了。西蒙太太从未离开过她的椅子。她一天到晚不住嘴地吃，身子发福了，跟别的病人天南地北地闲聊。眼瞅着她已经适应了这种不用活动的状态。这五十年来她一直在楼梯爬上爬下，给人铺床叠被，一栋楼一栋楼地送碳运煤，打扫啊，擦洗啊，现在这样子仿佛是她挣来的休息。

无奈之下，爱克托每天都过来瞧一瞧；每天他都看见她心平气和、若无其事地宣布："我再也动不了啦，可怜的先生，我再也动不了啦。"

每天晚上，德·格力博朗夫人都会担惊受怕地问："西蒙太太怎么样了？"

每次他都沮丧至极地答道："没有起色，一点都没有！"

他们解雇了女佣，因为她的薪水已经成了沉重的负担。他们更加精打细算、省吃俭用；那笔奖金早已用光。

后来爱克托请了四位名医给老妇人会诊。她听凭他们检查、碰触、摸索自己的身体，眼神恶毒地打量着他们。

"我们得让她走几步。"一个医生说。

她喊道："我走不了，好先生们，我走不了！"

他们抓住她，抬着她拖行了几步；可是她从他们手里滑脱出来，瘫倒在地，发出可怕的尖叫。他们只好万分小心地又把她抬回椅子上。

他们谨慎地发表了意见，但断定她再也不能去干活了。

爱克托把这噩耗告诉妻子，她扑通一下瘫坐到椅子上，支吾着说："还不如把她带到这儿来呢，这样至少能省点钱。"

他跳起来："这儿？带到我们家？你是认真的吗？"

对一切都已经听天由命的她，含泪答道："你还能要我怎么办呢？这可不是我的错啊！"

两个朋友

　　巴黎被围困，民众忍饥挨饿，苟延残喘，屋顶上的麻雀越来越稀少，下水道的老鼠也都很少见了。人们什么都吃。

　　正月里的一个早晨，天气晴朗，莫里索先生在如今称为"外缘堡垒"的环城大道上溜达。他手插在国民卫队制服的裤兜里，肚中空空如也，心里闷闷不乐。他是个钟表匠，没有军事任务时可以待在家里。他遇上了一个同样穿着军服的生意人，认出是自己的朋友。这是索瓦热先生，他们在河边认识的。

　　战前的每个周日，莫里索都会在黎明时分拿着鱼竿，背个白铁罐子去钓鱼。他坐上开往阿尔让特伊的火车，在科隆布下车，然后走到玛朗特。一到这个让他魂牵梦绕的地方，他就开始钓鱼，一直待到夜幕降临。

　　每周日他都会在那儿遇上一个胖乎乎、乐呵呵的小矮个——索瓦热先生。他是洛莱特圣母院大街的一个服饰用品商，也是个狂热的钓鱼爱好者。他们经常大半天地并肩坐在一起，手里拿着鱼竿，脚在水上耷拉着，他们就这样成了朋友。

有些日子他们不怎么开口，有时他们会聊上几句；不过他们用不着说什么就能完全了解对方，因为他们趣味相投、情感相通。

春日早上十点左右的时光，恢复了青春活力的太阳在平静的水面上方蒸起一层随河水流动的薄雾，新春怡人的暖意洒在两个酷爱钓鱼的人的背上。莫里索有时会对伙伴说："啊，真舒服啊！"索瓦热则答道："再没有比这更舒服的了。"这已经足够让他们彼此理解和尊重了。

到了秋日，黄昏时分，夕阳将天空染成一片红，水中倒映着晚霞，整个河面变成了紫色，天边像是着了火，这两个朋友也沐浴在红光里。枯黄的树木镀了一层金，在凉风中微微颤抖。索瓦热会对莫里索微笑说："多美啊！"莫里索眼睛还盯着浮子，赞赏地回应："比林荫大道还美，对吧？"

他们一认出对方，就拼命握手，在与以前迥然不同的境况下遇见对方，他们都很激动。索瓦热叹了口气，嘟囔着："现在这世道，变成啥样了！"本来就郁郁寡欢的莫里索感慨说："天气多好啊！这可是今年头一个好天！"

的确，天空一碧万里，到处阳光灿烂。

他们并肩走着，一片茫然，满怀哀愁。

莫里索又说道："想起以前钓鱼的日子，唉，多么快活！"

索瓦热问："咱们啥时候才能再回去啊？"

他们进了个小餐馆，一起喝了苦艾酒，出来后又继续在人行道上走着。

莫里索忽然停下来，说："再去喝一杯？"索瓦热同意了："乐意奉陪。"于是他们又进了一家小酒馆。

出来时，他们都有些晕了，空着肚子喝了这么多酒难免都迷迷糊糊的。空气和暖，微风轻拂着他们的脸。

索瓦热被这暖风吹得完全醉了，迟疑地说："我们去一趟如何？"

"去哪儿？"

"还能去哪儿，去钓鱼呗。"

"可是去哪儿钓鱼啊？"

"自然是去我们那个岛上。法军的前哨靠近科隆布，我认识杜穆里上校；他会让我们过去的，不会有问题。"

莫里索兴奋地哆嗦："就这么定了，我跟你去。"他们便分头去拿渔具了。

一小时后，他们并肩走在大道上，来到了上校占用的别墅。上校笑着听完他们的请求，批准了他们的突发奇想。他们拿到通行证，又出发了。

他们很快穿过了前哨，经过荒凉的科隆布，走到了一个小葡萄园旁边。这个葡萄园在一个斜坡上，下面就是塞纳河。这时大约十一点。

河对岸的阿尔让特伊看上去死气沉沉的。奥热蒙和萨努瓦两座山岗俯瞰着整个地区。一直延伸到南泰尔的辽阔平原上，空旷且荒芜，除了光秃秃的樱桃树和灰扑扑的土地，什么都没有。

索瓦热指着山岗，悄声说："普鲁士人就在那边！"看到荒芜的田野，两个朋友紧张得手脚发软。

普鲁士人！他俩从未见过任何普鲁士人，却可以感觉到他们的存在。这几个月以来，普鲁士人在巴黎周围蹂躏着法兰西，劫掠、屠杀，造成饥荒。虽然看不见，却能感觉到他们的强大。对于这个得胜的陌生民族，他们既感到仇恨，又有一种近乎迷信的恐惧。

莫里索结结巴巴地说："唉，万一我们碰上他们怎么办？"

索瓦热用巴黎人那种无论何时都不会丢开的诙谐劲儿回答道："那就请他们吃煎鱼吧。"

天边的沉寂让他们提心吊胆，犹豫着要不要闯到田野里去。

最后，索瓦热打定了主意："来，走吧，不过得谨慎点。"

他们走下去，进了葡萄园，弯着腰，利用葡萄藤做掩护，睁大了眼，支起耳朵，小心翼翼地前进。

还要穿过一片光秃秃的地面才能达到岸边。他们飞奔过去，一到岸边，就在干枯的芦苇丛中掩藏起来。

莫里索把脸贴到地面，倾听附近是不是有人走动。他没听见什么，只有他们俩。只有他们俩，谢天谢地。

他们放下心来，开始钓鱼。

对面是荒凉的玛朗特岛，正好挡住了他们，从对岸看不到他们的身影。岛上的小饭店早已关门，像是荒废了许多年一样。

索瓦热先钓上来一条白杨鱼。莫里索也钓上一条。他们不断举起钓竿，每次钓丝上都会有个银光闪闪的小东西扭动着身子。这次的收获真是好得出奇。

他们小心地把鱼放进一个网眼细密的网兜里，网兜泡在水里。他们感到一种甜美的欢喜，这是一种消遣被迫放弃很久以后又重新拾起的那种欢喜。

和煦的太阳暖融融地照在他们肩膀上；他们不再听什么，也不再想什么了；对世界上别的事儿一概不再关心；只是专注于垂钓。

可是，突然之间，沉闷的轰隆声像是从地底传来，大地微微颤动。大炮又打响了。

莫里索转过头，隔着河岸，他看到左边瓦莱里昂山的高大轮廓，额头的位置现在似乎装饰了一簇白翎羽，一股火药刚刚从那儿喷吐出来。

紧接着第二发硝烟又从要塞的顶巅冲出，过了会儿才传来炮响。

别的炮声接二连三地紧跟而至，山峦每一分钟都在呼出死亡的气息，喷吐着乳白色的浓烟，慢慢升到宁静的天空，在山峦上方凝结成一层云雾。

索瓦热耸耸肩说："他们又干上了。"

莫里索正焦急地注视着浮子上正上下摆动的羽毛，作为一个爱好和平的人，他突然对这些用这种方式作战的狂热之徒感到怒不可遏，嘟囔着说："这么互相残杀，可真是愚蠢啊。"

索瓦热接着说："他们比畜生还坏。"

莫里索刚钓到一条银鲤，说："想想看吧，只要有政府，事儿就永远是这样。"

索瓦热说："要是共和国就不会宣战……"[①]

莫里索打断他说："有了国王，我们跟别的国家打仗；有了共和国，我们打内战。"

两个人开始了一场平静的讨论，他们用老好人那种有些偏狭的见识来分析重大的政治问题，并且一致同意：他们永远不会自由。瓦莱里昂山不间断地轰轰隆隆地震响着，用炮弹摧毁法兰西的家园，残害生命，践踏人民，埋葬幸福的梦想、欢欣的希望，撕裂了家乡和异国的妻子、女儿、母亲的心，留下永远无法痊愈的创伤。

"这就是生活啊！"索瓦热说。

---

① 小说背景是普法战争，由于俾斯麦的挑衅，当时的法兰西第二帝国皇帝拿破仑三世向普鲁士宣战，开战后接连败北。

"还不如说，这就是死亡呢。"莫里索干笑了一声说。

猛然间，他们打了个寒战。显然，他们身后有人。转过脸，他们看见四个人正站在他们背后，四个高个儿、大胡子的男人，穿得像身着号衣的跟班，戴着平顶军帽，正端着来复枪对准他们。

两根鱼竿从他们手中滑落，向下游漂去。

他们随即被抓住，带走，扔到一条船上，运到了对面的岛。

他们在以为已经废弃的房子后面，看到了二十个德军士兵。

一个大胡子巨人骑坐在椅子上，抽着个瓷质大烟斗，用纯正的法语问："这么说，先生们，你们钓的鱼多不多？"

一个兵小心地提着那个装满鱼的网兜，放在他们长官的脚下。

普鲁士人笑了："哈哈，不错不错，我看到了。不过，我们还有别的事儿得商量商量，听我说完，先生们，别担心。

"在我眼里，你们就是两个过来窥探我们的间谍。我捉到了你们俩，会把你们枪毙。你们假装钓鱼，好掩盖你们的目的。既然落到我手里，算你们倒霉。这就是战争嘛。

"不过，既然你们通过了前哨，肯定有回去的口令。告诉我口令，我就放了你们。"

两个朋友并肩站着，脸色苍白。他们的手紧张得微微颤抖，但一直保持着沉默。

军官又继续说："这事儿谁都不会知道，你们会平平安安地回家。

这个秘密将随着你们消失。如果你们拒绝，那就死定了，马上枪毙。你们选吧。"

他们一动不动，没有开口。

普鲁士人依旧不动声色，指着河水说："注意，要是不说，五分钟后你们就会葬身河底。五分钟！你们都有家人吧？"

瓦莱里昂山依旧在轰鸣。

两个钓鱼的人依旧沉默地站着。德国人用自己的语言下了命令。之后他把椅子拉开，离两个俘虏远了一点；十二个士兵列好队站在二十步外，来复枪柄靠在脚边。

军官又说："我再给你们一分钟，多两秒钟可不行了。"

接着他突然站起来，走近两个法国人，抓住莫里索的胳膊，将他拉开一点距离，低声说："快点，口令！你的同伴不会知道的。我可以假装同情你们放你们走。"

莫里索没有回答。

普鲁士人又把索瓦热拉开，给了他同样的提议。

索瓦热没有回答。

他们再次并肩站在一起。

军官开始下命令。士兵举起枪。

莫里索的眼神正好落在装满白杨鱼的网兜上，它们还在草丛里扭动，跟他有几步远。

一缕阳光让还在颤动的一堆鱼闪闪烁烁。他尽力克制，但还是满眼泪水。

他结结巴巴地说："再见了，索瓦热先生。"

索瓦热先生说："再见了，莫里索先生。"

他们握了握手，不由自主地浑身哆嗦。

军官喊："开枪！"

十二支枪一同响了。

索瓦热先生脸朝地面直挺挺倒下去。个子更高的莫里索先生晃了几下，打了个旋，脸朝上横卧在伙伴的尸体上，血从打穿了胸部的外套里汩汩渗出。

德国人又下达了别的命令。

其他人解散后带了绳子、石头回来，系在两个死人的脚上，然后把他们拖到河岸边。

瓦莱里昂山仍然没有停止轰鸣，山头笼罩在山一样高的烟雾下面。

两个士兵一个抓着头，一个抓着脚，抬起莫里索先生；另外两个士兵也这么抬起了索瓦热先生。尸体在空中来回荡了几下，被扔到了远处；他们在空中画出一道弧线，绑了石头的脚朝下直直掉入水中。

河水哗啦啦地溅起些水花，翻腾了一会儿，之后便恢复了平静。

涟漪一直荡到岸边。

有些血水浮上来。

军官始终不动声色，低声说："现在轮到鱼吃他们了。"

他往回走去。

突然，他看到了草丛里装满鱼的网兜。他捡起来，审视了一番，笑着叫了一声："威廉！"

一个套了白围裙的士兵跑过来。普鲁士人将两个被枪毙者钓来的鱼扔给他，吩咐说："趁着它们还活蹦乱跳的，马上生煎了，味道肯定鲜美。"

他又抽起了烟斗。

我的叔叔于勒

献给阿希尔·贝努维尔 [1]

一个白胡子的穷老头向我们乞讨。我的同伴达夫郎什，给了他五法郎。我大为吃惊。他告诉我说：这个乞丐让我想起一段往事，我这就给你讲一讲。这段往事我一直念念不忘。是这么回事——

我的老家在勒阿弗尔，没什么钱，只是凑合着过而已。我的父亲每天在办公室工作到很晚才回家，薪水微薄，我还有两个姐姐。

紧巴巴的家境让母亲很是难受，她时常拐弯抹角地对父亲说些尖酸刻薄的话。每逢这种时候，这个可怜人都会做出一种让我心碎的手势。他会抬起手掌在前额抹一下，仿佛要擦去并不存在的汗水，一声也不吭。我能感觉到他无能为力、无可奈何的痛苦。我们件件事情都得精打细算。别人请客我们不敢接受，免得以后要回请人家。买日用必需品，我们都是买打折的，或是剩下的仓底货。两个姐姐

---

① 阿希尔·贝努维尔（1815—1891年），法国风景画家。

自己动手做衣服，为了十五生丁一米的花边要计较好一阵子。我们的伙食就是肉汤，再加各种方式做的牛肉。他们说这么吃有益健康，好长身体。不过，我宁可换换口味。

要是我弄掉个纽扣、撕裂了裤子，准会招来一通劈头盖脸的痛骂。

不过，每个周日我们都会穿戴得整整齐齐去码头散步。父亲会穿上礼服，戴上礼帽和手套，让母亲挽着他的胳膊。母亲也会装扮一番，穿得像假日时彩旗招展的海船。姐姐们是最早准备好的，等待着要出发的号令。只是每次临行前总会在一家之主的礼服上发现污迹，必须用蘸了汽油的破布擦掉。

于是父亲仍顶着礼帽，只穿着衬衣，等着她们为他收拾完毕。母亲戴上近视眼镜，脱下手套以免弄脏，忙得不亦乐乎。

之后我们便庄严地出发。两个姐姐挽着胳膊走在前面。她俩都到了谈婚论嫁的年龄，得把她们展示给城里人瞧一瞧。我走在母亲左边，父亲在她右边。

我们每个周日那种可怜的、虚张声势的神态，我至今记忆犹新。他们神情严肃，姿势死板，迈着庄重的步伐，上身挺直，两腿僵硬，就像有极其重要的事取决于他们举手投足之间。

每个周日，看到来自远方的轮船停靠港口，父亲都会说出那句一成不变的话："要是于勒在那条船上该有多好啊！那会多么令人惊喜啊！"

我的叔叔于勒，是我们家唯一的希望，尽管他曾经是家里的丧门星。在我很小的时候，就经常听家里人提起他，我在想象里对他是如此熟悉，以至于觉得如果有一天可以见面，自己一眼就能认出他。对于勒叔叔去美洲之前的那段生活，他们都是低声细语地讨论，其中每个细节我都了如指掌。

显然，他那时行为不端，也可以说是挥霍无度。对不富裕的家庭来说，这可是莫大的罪恶。有钱人家的子弟耽于享乐，人们只会说他"干了点蠢事"，叫他们"花花公子"，一笑了之。可家境困难的人家，一个儿子要是让父母动用老本，那就是耻辱，是败类。

这样子区别对待也没什么不公平，行为是一样，可只有后果才能决定事态的严重程度。

简而言之，于勒在将属于自己的那一份财产挥霍得分文不剩以后，还在相当程度上减少了父亲本指望能继承到的财产。

按照那个年头时兴的做法，他坐上一艘开往纽约的船，被送去了美洲。

到那儿之后，于勒叔叔不知干起了什么生意，很快写信回来说，他挣了一笔钱，希望能补偿父亲因为他遭受的损失。这封信在家里引起了轰动。于勒叔叔本来是俗话说的那种"狗都不如的贱胚子"，这下在家人口中变成了体面人、热心肠的好孩子、真真正正的达夫郎什家的人，像每个达夫郎什家的人一样正直、诚实。

此外，一个船长还告诉我们，他租了一个大铺面，做起了大生意。

两年后他又来了第二封信，信上说：亲爱的菲利普，我写信给你，免得你挂念我的健康。我现在很好，生意也不错。明天我要去南美洲长途旅行，可能会好几年不跟你通信。要是我没写信，你也别担心。我发财了就立刻回去。希望不会太久。到时候我们就在一起快活地过日子……

这封信成了家里的福音书。一有机会大家就把它读一遍，逢人就拿出来显摆一番。

果不其然，足足有十年都没有于勒叔叔的任何消息，父亲的希望却与日俱增。母亲呢，也常常念叨："等于勒回来，我们的景况就不一样了。他少不了要发迹的！"

每个周日，父亲望着天边驶来的大轮船喷吐的黑烟蛇一般蜿蜒上升，总要重复一遍那句亘古不变的话："要是于勒在那条船上该有多好啊！那会多么令人惊喜啊！"

我们也的的确确期待着能看到他挥舞着一条手帕喊道："嘿！菲利普！"

为了迎接他荣归故里的那天，我们制订了种种计划；甚至打算用叔叔的钱在安古维尔买一栋乡间别墅，我觉着父亲保准已经为这事开始洽谈了。

　　大姐那时二十八岁，二姐也二十六岁了。她们没能出嫁，让大家都很烦恼。

　　二姐终于迎来一个求婚者。对方是个职员，不怎么有钱但还算过得去。我一直深信，正是某天晚上我们给他看了于勒叔叔的信，才让这个年轻人不再犹豫，下定了决心。

　　家里欢天喜地应下了这门亲事，并决定在他们婚后去泽西岛来一趟小小的旅行。

　　对穷人家庭来说，再没有比泽西岛更理想的旅行去处了。它离我们这儿很近；坐上小轮船，穿越海峡，就到了外国的土地——那个小岛属于英国。如此一来，一个法国人，只需航行两小时，就能轻松到达那个受大不列颠旗帜保护的岛屿，考察一下邻国的风土人情，据一些经常去那儿的人说，那儿糟透了。

　　这趟旅行成了我们朝思暮想的事，也成了我们唯一的期待，时刻萦绕我们的美梦。

　　最后，美梦和期待终于成真了。一切都宛如昨日：格兰维尔的码头上，轮船点火待发；父亲照料着我们的三份行李，忙得不可开交；母亲不放心地挽着大姐的胳膊，自从二姐出嫁后她就一直失魂落魄的，像是鸡窝里剩下的唯一的那只小鸡。在我们身后的是二姐这对新婚夫妇，他们总在后面磨蹭，惹得我们屡屡回头看。

　　船上的汽笛声响了。我们上了船，船离开码头，航行在大理石桌面一般的海上。我们注视着逐渐远去的海岸，如同所有那些不怎么外出旅行的人一样，既开心又骄傲。

父亲礼服下的肚子挺得老高。礼服上的所有污迹都在那天早上被一丝不苟地清除过了，他身上散发着每次外出都会有的汽油味。一闻到这种味道我就知道是周日了。

忽然，他注意到有两位先生在为两位优雅的女士买牡蛎。一个衣衫褴褛的老水手用小刀撬开牡蛎壳，然后将其递给先生们，先生们又递给女士们。她们吃得很是斯文，用小巧玲珑的手帕托着牡蛎壳，伸长脖子，以免沾脏了裙子。然后她们轻快地一嘬，将空壳扔进海里。

在航行的船上食用牡蛎的这种风度，肯定是深深触动了父亲。他觉得这样子又讲究，又文雅，又气派，于是他来到母亲和姐姐们面前，问："我给你们买些牡蛎吃怎么样？"

母亲一想到这笔开销，迟疑了一阵子，但两个姐姐马上接受了。母亲气呼呼地说："我害怕吃坏肚子，只给孩子们吃吧，只是别吃太多，省得吃出病来。"

她又转向我，说："约瑟就不用了，男孩子不能惯坏了。"

我只好留在母亲身边，对这样的区别对待感到愤愤不平。我的目光追随着父亲，只见他姿态庄严地领着两个女儿和女婿走向那个衣衫褴褛的老水手。

两位女士刚好离开，父亲向姐姐们展示怎样吃才不至于让汁水洒出来。他还想亲自给她们做个示范，就抓起一个牡蛎，试图模仿刚才那两位女士的举止，结果汁水马上溅到了他的礼服上。我听见母亲嘟囔道："他还是少折腾为好。"

可是，父亲好像突然紧张起来，后退了几步，直愣愣地盯着几个家人，她们正围绕在那个撬牡蛎壳的水手旁边。然后，他猛地转过身朝我们走来，看上去脸色苍白，眼神怪怪的。他低声对母亲说："真是蹊跷，那个卖牡蛎的长得好像于勒。"

母亲大吃一惊，问："哪个于勒？"

父亲答道："还有哪个……就是我弟弟……要不是我知道他在美洲，过得很好，我就会以为那个真的是他了。"

母亲慌张起来，结结巴巴地说："你疯了！你明明知道那不是他，怎么还在这儿胡说？"

父亲坚持说："要不你也去看看，克拉丽丝，你亲眼看看，好弄个清楚。"

母亲站起来，去了两个女儿那边。我也打量起那个人。他又老又脏，满是皱纹，眼睛片刻都没离开自己干的活计。

母亲回来了。我注意到她在哆嗦。她急忙说："我看那就是他。你去跟船长打听打听。可别冒失了，别让那个混蛋又来缠上我们！"

父亲赶紧走开，我跟在后头，异常激动。

船长是位又高又瘦的先生，留着很长的颊髯。他走在舰桥上，一副趾高气昂的神气，仿佛他指挥的是开往印度的邮轮。

父亲彬彬有礼地跟他打了招呼，然后便恭维有加地询问起他工作上的事情来：泽西岛的地位如何？出产何物？人口几何？风俗习惯如何？土质怎样？等等。

我简直以为他们议论的是美利坚合众国呢！

他们又谈到我们这条船——"特快号"。话题转到船员上来，最后父亲用颤颤巍巍的声音问："你们船上有个撬牡蛎的老头，样子很有趣，你知道他的来历吗？"

船长已经被这番长谈弄得不耐烦了，草率地回答道："他是个法国老流浪汉。我去年在美洲碰上他的，就把他带回国了。他在勒阿弗尔好像还有亲戚，不过他不想回到他们那儿去。因为他欠他们的钱。名字叫于勒，姓嘛，好像是达尔芒什或者达尔旺什之类的。很明显他在那边曾经风光过一阵子，可瞧瞧他现在沦落成啥样了！"

父亲脸色苍白，喉头发紧，眼神迷乱，一字一字地说："啊！嗯……很好……好……我不觉得意外，非常感谢，船长。"

他告辞了，船长愣愣地望着他。

回到母亲那儿，他情绪坏透了。她说："坐下，别让人注意到出了差错。"

他一屁股跌到凳子上，咕哝着："是他，真是他！"

他又问："我们该怎么办……"

她简短地说："我们得把姑娘们先叫回来。既然约瑟也知道了，就叫他过去。我们得特别小心着，别让女婿听见风声。"

父亲像是垮掉了一半，喃喃自语道："咋这么倒霉啊！"

母亲的火气一下上来了，说："我早就觉得这个贼胚子不会有什么出息！他早晚还会拖累我们的！对达夫郎什家的人就不能有什么指望！"

正如每次受到妻子责难时那样，父亲又用手抹过额头。

母亲又说："给约瑟一点钱，让他去把牡蛎的钱付了。要是让那个叫花子认出来，可就有好看的了。我们在船上可就大出风头了。我们先挪到另一头去，你也过来，千万别让那个无赖再靠近我们！"

她站了起来。他们给了我一个五法郎的硬币，走开了。

姐姐们正愣愣地等着父亲过来。我解释说母亲有点晕船，又问撬牡蛎的那人："先生，我们该给你多少？"

我好想叫一声叔叔啊。

他说："两法郎五十生丁。"

我给了他五法郎，他找给我零钱。

我看着他的手，那是一个水手的粗糙的手，皱巴巴的。我又看看他的脸，那是一张苍老的饱经沧桑的脸，愁眉紧锁、憔悴不堪。我对自己说：这是我叔叔，父亲的弟弟，我的亲叔叔！

我给了他十个苏的小费。他感谢我说："上帝赐福您，年轻的先生！"

他的这句话带着乞丐接受施舍时的调子。我想，在南美时他肯定已经是个乞丐了。

姐姐们死死盯住我，为我的慷慨大方而诧异。

等我把剩下的两法郎交给父亲，母亲吃惊地问："一共吃了三法郎？……不可能……"

我坚定地说："我给了他十个苏的小费。"

母亲气得跺脚，直视着我："你疯了！拿十个苏给那个……给那个流浪汉！"

父亲朝女婿那边使眼色，她猛地停了下来。

大家都沉默不语。

我们前方，一个紫色的影子从海中升起，那就是泽西岛。

当我们靠近码头时，我心里有一股强烈的渴望想再看看我的于勒叔叔，走近他，说些安慰、体贴的话。

可是由于没人再吃牡蛎，他已经不见了。无疑，他是回到了舱底他那脏乎乎的栖身之所。

母亲一直提心吊胆。为了避免再碰上他，我们回来时乘坐的是"圣马洛号"。

我再也没见过于勒叔叔！

以后你还会再见到我给流浪汉五法郎，就是这个缘故。

索瓦热大妈

献给乔治·布歇① （Georges Pouchet）

一

我有十五年没回维尔洛涅了。这次回来是为了秋季的打猎，住在我朋友塞尔瓦家里。他到底又重建了他那座被普鲁士人毁坏的城堡。

我对这地方喜欢得要命。世界上总有一些怡人的角落，对人有一种肉欲的魔力。对那里的爱可以说是一种肉体的爱。我们这些为土地着迷的人，总是念念不忘、心魂萦绕着那些我们经常光顾的喷泉、树林、池塘、山丘，它们就像艳遇一样让人心荡神驰。有时我们的思绪的确会回到一角树林，一段河岸，或是一片点缀着花朵的果园，我们在欢乐的一天遇见它们，宛若春日清晨在街上偶然邂逅

---

① 乔治·布歇（1833—1894年），法国博物学家、解剖学家，与福楼拜、莫泊桑等人是好友。

的穿着浅色透明衣衫的女子，在我们灵魂、身体内留下无法满足的渴望，再也难以忘怀那擦肩而过的幸福。

在维尔洛涅，我喜欢那里的整个田野，到处布满了小树林，小溪在大地上流淌，就像血脉一般，将血液输送给土壤。我们在溪水上钓小龙虾、鲑鱼、鳗鱼，拥有着无上的愉悦！有些地方还可以洗澡，狭长水流的岸边深草丛中能见到沙锥鸟。

我像山羊一样轻快地迈着步子，我的两条猎狗就走在我前面。右边一百米处，塞尔瓦正在苜蓿地里搜寻猎物。我绕过索德尔家树林边的灌木丛，看到一所烧毁的农舍。

我突然回忆起上次来时它的原貌。那是在1869年，农舍收拾得很干净，爬满了葡萄藤，门前有几只母鸡。还有什么比一所阴森、破烂、死气沉沉的房屋的残骸更凄凉的呢？

我还记得，那天走到这里时我感到疲惫不堪，一个和善的女人给了我一杯葡萄酒喝。当时，塞尔瓦告诉了我这家住户的故事。父亲是个偷猎者，被当地一个警官枪杀了。我见过这家的儿子，瘦高个，因为喜欢残杀鸟兽而出名。他们叫索瓦热①。

这是他们的姓还是绰号呢？

我招呼了一下塞尔瓦，他像一只涉水鸟一样迈开大步走过来。

---

① 原文为 Sauvages，有野人的意思，也是常见的一个姓。

我问："住在这儿的人怎么样了？"

于是他向我讲述了下面的故事。

二

宣战时，小索瓦热三十三岁，应征入伍。母亲独自留在家。大家都知道她有点钱，不怎么可怜她。

于是她一个人待在这远离村庄、地处森林边缘的孤零零的房子里，也不觉得害怕。她和她家里的男人是一类人，是个吃苦耐劳的老太婆，也是瘦高个，不苟言笑，也没人会跟她打趣。说起来，村子里的女人都不怎么爱笑，那是男人的事儿。女人们都有点郁郁寡欢、见识偏狭，她们的生活阴暗，没有一丝亮光。村子里的男人们会在小酒馆吵吵闹闹地欢腾一阵子，但他们的妻子却板着脸，一天到晚闷闷不乐。她们脸上的肌肉没有学会笑的运动。

索瓦热大妈跟往常一样在她的农舍里继续生活着。冬天一来，屋子很快就让雪盖上了。她每周都会去村里一次，买一点肉和面包，然后就回到自己的窝里。听说附近有狼出没，她出去的时候会背着一杆枪，是她儿子那杆生锈的来复枪，枪托已经磨坏了；这个高个儿的索瓦热家的人看上去怪模怪样，有点驼背，在雪地里不紧不慢地走着，枪筒从紧扣在她脑袋上的帽子上方露出来，帽子底下是从未有人见过的白发。

一天，普鲁士人来了。按照各家各户的财产和收入，他们被分配到当地居民家中住下。大家都说老太婆家里有钱，因此她家里摊派了四个士兵。

这是四个高大的小伙子，脸白生生的，长着金色的胡须，蓝色的眼睛。尽管吃苦受累，还是胖乎乎的。虽然是征服者，他们却很和善。住在老太婆家里，他们对她都很照顾，尽量不让她出力、破费。早上他们就在井边穿着衬衫洗脸，沐浴着从雪地上反射的阳光，将水泼到他们北欧人白里透红的皮肤上。这时索瓦热大妈正忙前忙后地准备做汤，而小伙子们洗完脸就会打扫厨房、擦窗户、劈柴、削土豆、洗衣服……就像围绕着母亲的四个儿子一样做各种家务。

但她一直思念着自己的儿子，想着她瘦高个、鹰钩鼻的儿子，想着他棕褐色的眼睛，还有他嘴唇上方厚厚一层黑垫子似的胡须。每天早上她都会挨个问一遍家里的士兵：“你知道法国二十三临时军团去哪儿了吗？我的儿子在里头。”

他们会回答：“不知道，一点都不知道。”他们自己在故乡也有母亲，懂得她的悲伤和忧虑，他们只能在一些小事上讨她欢心。她也喜欢这四个敌军的士兵。提到住在索瓦热大妈家的德国人，当地人会说：“那四个小伙子算是住到自己家里了。”

可谁知一天早上，老太婆独个儿在家时，远远看见平原上有人朝她家走来。很快，她认出这是当地的邮差。他递给她一张折叠起来的纸。她从盒子里拿出她做针线活时戴的眼镜，读道：

> 索瓦热夫人，告诉您一个不幸的消息。您的儿子维克托昨天让炮弹几乎炸成了两半，已经去世了。当时我就在附近。我们在连队里总是紧挨着排在一起，他经常跟我说起您，交代我以后万一出了什么事一定通知您。
>
> 我从他口袋里拿了他的表。等战争结束，我就把它带回给您。
>
> 此致
>
> 敬礼！
>
> 第二十三临时军团
>
> 赛瑟尔·里沃

信上的日期是三周以前。

她没有哭，也没有动，这突如其来的打击让她蒙了，甚至感受不到痛苦。她想：现在维克托被杀了。然后一点一点地，眼泪涌上来，心里满是悲伤。思念灼伤了她，可怕的念头折磨着她。她再也没法吻他了；她的孩子，她那么大的孩子，再也不能了！警察杀了他的父亲，普鲁士人又杀了他。他被炮弹炸成了两半。她好像亲眼看到了当时那可怕的情形：他睁圆着双眼的头耷拉下来，还在咬着自己厚厚的胡须尖儿，就像平时发火时那样。

他们后来怎么处置他的尸体了呢？

她丈夫那次，他们把他额头正中有一颗子弹的尸体送了回来，要是这次能像上次那样，也行啊。

她听到了说话声，普鲁士人从村里回来了。她急忙把信藏在兜里，趁时间还来得及，彻底擦干净眼泪，像往常一样不动声色地招呼他们。

四个人都兴高采烈地笑着。他们带回来一只肥美的兔子，毫无疑问是偷来的。他们用手势告诉老太婆，这下他们有好吃的啦。

她立即开始做饭，但到了杀兔子的时候，她没了勇气。这可不是她第一次干这种事啊。一个士兵在兔子脑袋后面给了一拳，捶死了它。

兔子一死，她将它剥了皮，把血淋淋的肉露了出来，但一瞧见沾满血的手，感到那热乎乎的血在她手上变凉、凝结，她就从头到脚地打冷战。她老是看到儿子被炸成两半，血淋淋的，就像那个心脏仍在跳的兔子一样。

她跟普鲁士人一块坐到桌边，但她吃不下，一口也吃不下。他们都在狼吞虎咽地吃兔子肉，没有理会她。她默默地偷瞥他们，心里有一个主意，但她的脸色如此平静，他们什么都没看出来。

她忽然说："在一起都一个月了，我还不知道你们的名字呢。"他们费了不少劲儿才明白她的意思，告诉了她自己的名字。对她来说这还不够，她要他们把名字记在一张纸上，再添上家庭住址。接着她又拿出眼镜架在大鼻子上，打量着那些手写的外国文字，然后叠起这张纸，放进兜里，压在那封通知她儿子噩耗的信上。

饭吃完了，她对他们说："我要给你们干点活。"

于是她开始慢慢地将干草抱到他们睡觉的阁楼上。

他们不明白她为什么要干这个；她解释说这样他们会更暖和些，于是他们也都帮她往上搬。他们把稻草堆得都能够到茅草屋顶了，营造出一个有四堵干草墙的大房间，既温暖，又散发着草香，他们在里面睡得肯定惬意。

晚饭时分，见索瓦热大妈还是不吃东西，有个士兵担忧起来。她说自己肚子痛得厉害。她把炉火生得旺旺的来暖和自己，四个德国人通过每晚用的梯子上了卧室。

等他们把翻板活门放下，老太婆就抽开梯子，静悄悄地开了外面的门，又出去抱了几捆干草进来，塞满了厨房。她光着脚走在雪地里，如此寂无声息，他们什么都没听见。她不时停下来倾听四个睡着的士兵此起彼伏的、响亮的鼾声。

等她觉得已经准备就绪，就将一捆干草扔到炉子里，等它点着了，就把它散开、撒到别的干草捆上。然后她来到门外，盯着屋里。

霎时间，猛烈的火焰把整个屋子都照亮了，接着屋子变成一团大火，一个巨大的火炉，火苗从狭窄的窗缝中射出，在雪地上投下耀眼的光。

屋顶传来一声大喊，紧接着是一阵乱糟糟的惨叫，让人撕心裂肺的痛苦、可怕的号叫。里面翻板活门垮塌了，滚滚大火跃入阁楼，冲破茅屋顶，升上高空，整个房子都燃烧起来，成了一个巨大的火炬。

除了劈里啪啦的熊熊大火的声音，墙垣倒塌、房梁断裂的声音，屋里再没有传出别的响动。猛然间，屋顶陷了下去，光焰灼灼的房屋残骸在一团浓烟里向空中播撒着大串火星。

白雪覆盖的田野，在火光照耀下，像一大块染上了红晕的素银床单。

远处敲响了钟声。

索瓦热大妈仍然站在她烧毁的房屋前，手里拿着她儿子的来复枪，以免有德国人跑出来。

等她看到一切都已完结，便把枪扔进火里，火里传来一声爆炸响。

人们赶来了，有村里人，也有普鲁士人。

他们看见女人坐在一个树桩上，平静而满足。

一个法语说得如同法国人一样流利的德国军官问她："住在你家的士兵呢？"

她伸出自己枯瘦的手臂，指向那正在熄灭的火堆，大声说："在那里！"

人们都围过来，普鲁士人问："火是怎么起来的？"

她回答："是我放的。"

他们都难以置信，以为灾难让她发疯了。等所有人都围住她，听她讲话时，她就从头到尾讲述了整个事情的原委，从收到信开始，到士兵们跟她的房屋同归于尽。她没有遗漏她所感受到、所做的每一个细节。

说完，她从兜里掏出两张纸，为了借着最后的一丝火光将它们分辨开来，她又戴上了眼镜，拿出一张，说："这是通知我儿子死了的信。"她又给他们看另一张，冲着那红色的废墟点点头，"这一张是他们的名单，这样你们就可以写信给他们家里人了。"

她镇定地将那张白纸递给抓住她肩膀的军官，又说："你可以写一写事情是怎么发生的，告诉他们的父母是我干了这个事，我，'野人'①维克托瓦尔·西蒙，别忘了。"

军官用德语下了命令，她被拽住，扔到她家的墙上，墙仍然灼热着。十二个士兵面对她，在二十米外排成一行。她没有动。她知道会这样。她正等着。

---

① 索瓦热大妈在这里自己点明了"索瓦热"不是她的姓，而是一家人的绰号。

一声令下，紧跟着一连串枪响。有一发子弹迟了，孤零零地响了一声。

老太婆没有马上倒下，她就像腿从下面截去了一样瘫倒在地。

普鲁士军官走上前去。她几乎被打成了两半。她手里仍然握着那封浸了鲜血的信。

我的朋友塞尔瓦讲完后又说道：作为报复，德国人毁掉了我领地上的城堡。

我想着那四个被烧死的和善的小伙子的母亲，想着在墙边被射死的那个母亲的可怕的英勇。

我捡起一粒小石子，它仍然保留着被火烧黑的痕迹。

图瓦

一

方圆十法里以内的人都认识图瓦老爷子，烟囱帽村的酒馆老板，安图瓦·玛什布莱，胖子图瓦，绰号叫"我的醇酒图瓦""烧酒图瓦"。

因他出名的这个小村子，缩在通向大海的一个谷地的山坳内，只有十户诺曼底农舍，周围环绕着水沟和树木。

这些房子挨挨挤挤地建在满是荒草、荆棘的山沟里，前面就是那道弯弯曲曲像是烟囱帽的山梁，村子就是因它得名。他们在这山梁后面寻找到了栖身之所，就像鸟儿在暴风的日子要隐藏在犁沟中，好躲开那从海面上吹来的风，那猛烈、带着咸味儿的风，像火一样灼伤人，像冬天的霜冻一样令草木枯黄、死亡。

不过，就好像整个村子都属于安图瓦·玛什布莱，"我的醇酒图瓦""烧酒图瓦"，他老爱说一句话，"我的醇酒是法兰西最好的酒。"

当然了，他的醇酒就是他的白兰地。

二十年来，他都给乡邻们喝他的醇酒白兰地和烧酒，每次别人问他："这次咱该喝些什么，图瓦老爷子？"

他总是一成不变地回答："喝醇酒呗，我的姑爷，它会让你的五脏六腑暖和起来，脑子清醒起来，再没有比这个对身体更好的了。"

这是他的另一个习惯，就是不管谁都叫"姑爷"，尽管他从未有过出嫁或未嫁的女儿。

啊，就这样，大家都认识了"烧酒图瓦"，这个不光在全镇最胖，在全区也是最胖的人。他的房子狭窄低矮得可笑，几乎容不下他。每当人们看到他站在门口时，都纳闷他是怎么进屋的。可每次顾客现身，他的的确确能进去啊。任何来喝酒的人都会邀请"烧酒图瓦"名正言顺地喝上一小杯。

他酒馆的招牌是"聚友轩"，而老图瓦也的确是这一区的朋友。人们从费康和蒙维利埃赶来瞧他，听他说笑凑趣，自己跟着乐一乐。这个胖子简直能把墓碑也逗乐。他自有一种打趣别人却不惹人恼火的本事，眨一眨眼暗示他的言外之意，乐起来拍着大腿，每次都让人不由自主地也跟着开怀大笑。哪怕只是看他喝酒都很好玩。只要有人请他喝，不管多少，不管酒是好是坏，他都能喝下去。喝的时候他眼里闪着欢喜的光，他感到的是双重的欢喜：喝酒本身的乐趣还有喝酒帮他赚钱的愉悦。

"你怎么不把海水都喝了呢，图瓦老爷子？"当地那些爱开玩笑的人问他。

他答道："为了两件事我没法这么干。第一，海水太咸了；第二，你得先把它们装到瓶子里，要不然我这个大肚子弯不下去，够不着那个大杯子啊！"

还有，你千万得听听他是怎么跟老婆斗嘴的！这样的演出，花钱买票去看都心甘情愿。他们结婚的三十年里，就没有一天不吵架的。吵架时图瓦会哈哈笑，而他的另一半则火冒三丈。她是个高个儿的农家女，走起路来大步流星如涉水鸟，脸上的神情则如愤怒的猫头鹰。酒馆后面有个院子，里头养着鸡，她把时间都花在养鸡上了。她养的鸡格外肥美，远近闻名。

在费康，上流社会的人有谁家要大宴宾客，想获得成功，就得有一只图瓦太太养的鸡。

但她生来脾气很坏，对一切都看不顺眼。整个世界都让她闹心，尤其是对她丈夫的不满。他的好兴致，好身体，他的名气，都令她感到恼火。她叫他废物，因为他是个懒汉，啥都不干就能挣钱，而他一个人的吃喝抵得上十个普通人。不管哪天她都会怒气冲冲地骂："肥猪就该待在猪圈里才对，你身上除了肥油还有什么，真恶心。"

她会冲着他的脸吆喝："等着瞧吧，咱等着瞧；瞧瞧看会出啥事儿。瞧瞧看吧。早晚你就跟一袋粮食一样，撑破了拉倒！你这个大脓包！"

图瓦拍着自己的肚子，开怀大笑，说："啊，鸡婆婆，我的平板子，你想法子把你的鸡喂成这么肥就好了，好好试试吧。"

说着，他卷起袖子，露出他的大胳膊，"瞧瞧这只鸡翅膀，鸡婆婆，这鸡翅膀才够肥呢！"

顾客这时都笑得前仰后合，用拳头捶桌子，在地上跺脚，吐唾沫。

怒不可遏的老太婆继续说："等着瞧吧，咱等着瞧！早晚你就跟一袋粮食一样，撑破了拉倒……"

在客人们的哄笑中，她气呼呼地走开了。

的确，图瓦看上去很惊人。他体格肥厚，大腹便便，脸色红润，气喘吁吁。他这种庞大的生物，死神都喜欢打趣他，用诡计、玩笑，诙谐的阴谋，使得缓慢的毁灭任务也滑稽得让人忍俊不禁。在别人身上，死神的工作清楚地显露在白发、消瘦、皱纹、虚弱这些方面，让别人见了都会打个冷战："见鬼，他变化真大啊！"可在这个家伙身上，死神有意养肥他来找乐子，让他变成一个奇人怪物，涂上蓝的、红的色彩，让他膨胀起来，给他超人的健康外表；死神在所有生物身上引发的阴森、凄惨的畸变到了他身上都变得有趣、可笑、好玩。

"等着瞧吧，"图瓦的老太婆总是重复说，"咱们等着瞧瞧会出什么事吧。"

二

果然，图瓦出事了，中了风，瘫痪了。这个巨人缩在酒馆后面小隔间的床上，这样他就能听见附近大家的谈话，和他的朋友天南海北地聊一聊。他的头脑依然清醒，而那庞大的身体却动弹不得，一点都不能挪。刚开始大家还盼着他的腿能恢复一点力气，但这希望很快就破灭了。"我的醇酒图瓦"只能日日夜夜卧在床上，每周只整理一次床铺。有四个邻居会过来把酒馆老板抬起来，拍打一下床垫。

不过他依然兴致不减，只是现在高兴起来不像以前了，怯怯的，低声下气的，担惊受怕的，他像个小孩一样恐惧着他的老婆，她像母鸡一样一天到晚都叽叽喳喳："你瞧瞧他那样儿！这个饭桶，废物，懒虫，酒鬼！恶心，一看就烦！"

他一声不吭，只是在老太婆身后眨眨眼，在床上翻个身，这是他唯一还能做到的动作。他把这种锻炼称作"往北逛逛"和"往南溜溜"。

如今他最主要的消遣就是听着酒馆里的闲扯，隔着隔板跟他们说说话；每当认出朋友们的声音时，他就叫道："嘿，姑爷，塞勒斯坦，是你吗？"

而塞勒斯坦·玛鲁瓦塞尔就会答道："是我啊，图瓦老爷子，你又能到处活蹦乱跳了吗，老兔子？"

"活蹦乱跳嘛，还没有。不过我也没变瘦，身子还好着呢。"

不久，他就邀请最亲密的几个朋友进了他的房间，他们在那儿陪着他。只是看到他们喝酒时自己没份儿，未免黯然神伤。他一遍又一遍地说："姑爷，再也不能品尝我的醇酒，可真叫我难受啊。别的事我都不在乎，可唯独这个，实在受不了啊！"

这时图瓦老太婆的猫头鹰脑袋就会出现在窗口，喊道："瞧瞧，瞧瞧他现在这样儿，啥事都不干的饭桶，又得喂他吃饭，还得给他洗澡，像伺候猪一样地收拾他。"

老太婆走后，有只红色毛羽的公鸡时不时会跳上窗户，用圆溜溜的、好奇的眼睛打量着屋里，然后发出响亮的叫声。有时一两只母鸡也会飞到床脚边，在地上寻找面包屑。

很快图瓦的朋友都离开了酒馆的店堂，每天下午径直来到胖子的床边聊上一阵子。尽管卧床不起，机灵鬼图瓦还是照样让他们如沐春风。这个家伙能把魔鬼逗乐。有三个朋友每天都过来：塞勒斯坦·玛鲁瓦塞尔，瘦高个，身子像苹果树干一样有点弯；普罗塞佩·奥洛威尔，一个精瘦的小个子，鼻子长得像雪貂，爱打趣，狡猾得像狐狸；还有塞泽尔·博梅尔，从来不讲话，但跟大家一样喜欢来这里。

他们从院子里拿来一块木板，架在床边，在上面玩骨牌。他们玩得还真带劲儿，从两点一直玩到六点。

但图瓦老太婆没多久就忍受不住了。她受不了自己的大块头废物丈夫还能在床上玩牌、继续消遣解闷，以至于后来每次她一看见牌局开始，就怒气冲冲地闯进来，弄翻板子，把骨牌又送回酒馆去，扬言说，养着这个啥也不干的大猪油桶已经够她受的，再也见不得他还这么能找乐子，仿佛取笑那些一天到晚忙着干活的人一样。

塞勒斯坦与塞泽尔都冲她点点头，可普罗塞佩倒是故意戏弄她，惹她发怒。

有一天，见她比平常火气还大，他对她说："嘿，大妈，倘若我是你，你猜我会怎么着？"

她用猫头鹰一样的眼瞪着他，等他往下说。

他继续说道："你男人永远下不了床啦，就像烤炉一样热，要是我啊，就让他孵鸡蛋。"

她愣了一会儿，觉得他是在打趣自己，仔细端详着这个农夫精瘦、狡猾的脸。

他又说："我会让他这边胳膊夹上五个鸡蛋，那边胳膊也夹上五个鸡蛋，等到母鸡孵蛋的那天，也让他孵蛋，一样能孵出来。等孵出小鸡来，我就把你男人孵出来的小鸡拿到母鸡那儿。这样你就添了一窝小鸡啊，大妈！"

老太婆呆呆地问："能孵出来吗？"

普罗塞佩答道："当然了，这有什么不可能？既然能在暖箱里孵鸡蛋，肯定也能在床上孵。"

这番雄辩让她心服口服，她消了气，寻思着这事儿走开了。

一周后，她在围裙里塞满鸡蛋，进了图瓦的房间。

她说："我刚给了黄母鸡十个鸡蛋让它孵，这十个是给你的。留神别把它们压坏了。"

图瓦不知所措地问："你想要干什么？"

她回答道："我想要让你孵小鸡，你这个废物。"

刚开始他还笑，后来因为她坚持要让他孵鸡蛋，他又是发火，又是反抗，坚决拒绝把鸡蛋放到他胳膊底下、用他的体温来孵化。

老太婆气得七窍生烟，说："你要不孵鸡蛋，就再也别想喝肉汤，咱们走着瞧！"

图瓦提心吊胆的，没有答话。

等他听到十二点的钟声敲响，他叫道："嘿，鸡婆婆，汤做好了吗？"

老太婆在厨房喊："没你的份儿！你这个死废物！"

他觉得她是在开玩笑，继续等着；然后他又是央求，又是哀告，又是咒骂，无可奈何地"往北逛逛""往南溜溜"，用拳头捶打隔板，可最后他只能屈服，乖乖地让她把鸡蛋放到左边，这才有了汤喝。

他的朋友来了之后，都以为他的病情加重了——他看上去怪怪的，局促不安。

他们又开始玩游戏，但图瓦像是丝毫不感兴趣，他伸出手，慢慢地，小心翼翼地。

"你的胳膊僵了？"普罗塞佩问。

"肩膀有点发沉。"图瓦回答。

听到有人进了酒馆，玩的人都安静下来。

来的是镇长和助理，他们要了两杯白兰地，开始聊当地的公事。由于他们说话声音很低，图瓦想贴到隔板上去听，没留神他的鸡蛋，突然"往北逛了逛"，结果就摊了一张鸡蛋饼。

听见他的咒骂声，老太婆慌忙跑过来，她已经猜到了灾祸的根由，一下掀开了被窝。她看见男人肋上贴的"黄膏药"，先是愤怒得喘不过气来，一动不动，接着就气得打哆嗦，冲到这瘫痪的可怜人身上，拳头雨点般重重落在他的肚子上，就像在池塘边洗衣服时捶打衣服一样；一下接着一下，速度之快犹如兔子敲鼓。

图瓦的三个朋友笑得差点背过气去。他们又是咳嗽，又是打喷嚏，又是叫嚷。大胖子图瓦吓坏了，小心地承受着老婆的攻击，以免压坏了另一边的五个鸡蛋。

三

图瓦投降了。他不得不孵鸡蛋，不得不放弃玩骨牌，一动都不能动，每次他打坏一只蛋，老太婆都会恶狠狠地断绝他的伙食。

他仰躺着，盯着房顶，一动都不能动，胳膊微微抬起，就像翅膀一样，与他的身体一起温暖着裹在白色蛋壳里的小鸡胚胎。

即使他开口说话，也是压低声音，就好像害怕声音太大就跟动作太大那样影响到孵蛋。他时刻关心着和他做同样工作的黄母鸡，常常跟老婆打听："黄母鸡昨晚吃东西了吗？"

老太婆照看完了黄母鸡，又来看她的男人，看完了她的男人，又去照看黄母鸡，为了在床上和鸡窝里孵出小鸡操心劳神、殚精竭虑。

得知事情原委的当地人，既好奇，也认真操心着这回事，时常来看看图瓦怎么样了。他们蹑手蹑脚地走进来，就像去看望病人一样。他们体贴地问："怎么样，还好吗？一切顺利吗？"

图瓦回答："还行，就是热得受不了，跟蚂蚁在身上爬来爬去似的。"

这天早上，老太婆兴奋地进来，宣布说："黄母鸡孵出来七只小鸡，有三个蛋坏了。"

图瓦觉得心跳加快了：他能孵出几只小鸡呢？

他问："我也快了吧？"他焦虑得就像个快要做母亲的女人。

老太婆由于可能失败的恐惧心神不宁，恼怒地回答："我想是快了！"

他们等待着。朋友们听说时间快到了，很快赶来。他们也紧张不安。

家家户户都在议论此事，很多人去邻居家打听最新的消息。

三点钟时图瓦睡着了，现在他有半天时间都在睡觉。忽然，他被右胳膊底下一阵从未有过的奇痒唤醒，右手摸过去，抓到一个黄茸毛的小东西，在他的手指间跃动。

他激动地喊叫起来，放开了小鸡，小鸡在他胸脯上跑起来。

酒馆里本来就坐满了喝酒的人，这时都冲进来挤满了房间，众人围成一个圈，就像在看杂技一样。老太婆来了，仔细地捧出藏在她丈夫胡子下面的小鸡。

没有人开口说什么。正是温暖的四月天，透过敞开的窗户，他们能听见黄母鸡在咯咯叫，呼唤自己刚出生的一窝雏鸡。

图瓦因为激动、忧虑、焦急出了一身汗，喃喃说："我右胳膊下面又有一个出壳了。"

老太婆把瘦削的大手伸进床铺，像接生婆一样又掏出一只小鸡来。

乡邻们都想要看看。他们把小鸡一个传一个地仔细打量着，像是在看从未见过的奇迹。

之后的二十分钟没有再孵出别的小鸡，不过之后有四只雏鸡同时破壳而出。

这时旁观者七嘴八舌地热闹起来。图瓦微笑着，为自己的成功而幸福，为自己不寻常的父亲身份而骄傲。他们很少见到像他这样的，对不对？他是个不一般的人，对不对？

他说："现在有六个了，见鬼，这得是怎样的洗礼仪式啊！"

听众当即爆发出一阵哄堂大笑。酒馆里的人更多了，还有好多人等在门外。人们都在互相打听："孵出来多少了？"

"六只了。"

图瓦老太婆将这新的一窝雏鸡带到了母鸡那儿，母鸡有些迷惑地叫着，竖起羽毛，张开翅膀庇护这新添的幼雏。

"又有一只了。"图瓦喊道。

他弄错了，是三只！伟大的胜利！到了晚上七点半，最后一只也破壳而出。所有的鸡蛋都是好的！图瓦乐得发狂，他不但得到了解脱，还感觉特别荣耀。他亲吻着这些脆弱的小生物的脊背，差点把它们憋死。他被这些小东西唤起了心中柔情的母爱，想把最后这一只留在床上直到明天早晨，但老太婆没有听男人的请求，把它跟其余的小鸡一样都带走了。

旁观者也都很满足，离开时纷纷议论着这件事。最后一个告辞的是普罗塞佩，他临走前问："图瓦老爷子，吃焖肉的时候，第一个就得请我啊，好不好？"

一想到吃焖肉的事，图瓦的脸上快活起来，回答道："当然啦，我的姑爷，我会请你的。"

苍蝇

一个划手的回忆

他对我们说：

我那段划船的日子里，经历了多少怪事，见识了多少奇妙的姑娘啊！有多少次我都想写一本题为《塞纳河上》的小书，记录一下我在二十到三十岁这段时期的生活啊！那精力充沛、无忧无虑、穷困潦倒、兴致勃勃、吃苦耐劳、热热闹闹的畅快的日子！

那时我是个身无余财的职员；现在呢，我是个一时兴起就能一掷千金的成功人士。我心里有无数温和但遥不可及的渴望，用各种可能的空想前程为我的生活镀上一层金色。如今的我，在扶手椅上打着盹，自己也不知道会突发什么奇想再从椅子上起来。以前我那种从巴黎的办公室到阿让特伊的河畔生活是何等的单纯、美好又棘手啊！十年里我唯一全身心投入的巨大热情就是塞纳河。啊，那可爱的、平静的、多姿多彩而又臭气熏天的，充满了幻象与垃圾的河流啊！我爱它爱得这么深，是因为它给了我生活的意义。啊，沿着那鲜花盛开的河岸漫步，我的朋友是那肚子趴在睡莲叶子上乘凉做梦的青蛙，还有那迷人、柔弱的睡莲，突然之间，在细长的水草间，一株柳树后面，一只翠鸟如一团蓝色的火焰在我面前掠过，如同展开一本日本画册！我是多么爱这一切啊，这是一种从眼睛到全身的本能的爱，一种深沉的、自然的愉悦！

正如其他人对一些可爱的夜晚念念不忘，我对晨雾中的日出时分也记忆犹新：黎明前那飘浮、游动的雾气，苍白如死去的女子的脸，接着，第一缕曙光滑过草地，女子的脸上现出一抹红晕；难忘的还有颤动着的流水上，那银色的月光，让每一个美梦都如花朵般绽放。

所有这一切，永恒幻想的象征，就在我眼前升起，就在这将巴黎的所有污秽冲入大海的缓慢流动的臭水上。

此外，跟朋友们在一起的生活是多么开心啊。我们是五个人的团伙，现在都成正经人了。那时我们都穷得叮当响，我们在阿让特伊的一家可怕的小饭店里建立了一个难以描述的殖民地，这个殖民地仅有一间宿舍，我们在那里度过了一生当中最为疯狂的几个夜晚。除了划船、寻欢作乐，别的都不在乎。对我们（除了一个例外）来说，船桨是崇拜的偶像。回忆起我们这五个无赖那些非同寻常的冒险经历，那些匪夷所思的恶作剧，今天谁也不会相信。哪怕在塞纳河上，大家也不再过那种生活了。那些让我们喘不过气来的狂热的想象在今天人们的心灵中早已消亡了。

我们五个人共同拥有一条船，是我们费了好大劲儿才买来的；我们再也没有像在那条船上笑得那么开心过。那是一条挺大的划艇，有点重，但很结实、宽敞、舒服。我几位同伴的画像我就不仔细描绘了，简单说说吧。一个是矮个子，人很精明，绰号是"快信"；一个是高个子，样子有点野，灰眼睛，黑头发，绰号是"战斧"；还有一个机智但慵懒，绰号是"无檐帽"，他是我们当中唯一一个从来不划船的（他的理由是他划船的话船会翻）；还有一个身材修长、优雅、衣冠楚楚的家伙，绰号"独眼"，这个绰号来自克劳德尔当时刚刚出版的同名小说①，也因为他戴了个单片眼镜；最后一个就是我了，我叫约瑟·普吕尼耶。我们几个相处得再好不过，唯一的缺憾就是没有个女舵手。船上是少不了女人的，她会刺激男人的心灵和头脑，为他们增添活力、娱乐、消遣、趣味；另外，当她的红色阳伞滑过绿葱葱的河面时，也是一道美丽的风景。只是我们五个与周围的世界格格不入，普通的女人我们是看不上眼的。我们需要的是一个出人意料、古灵精怪，随时准备应付任何情况的女子，简而言之就是，可遇不可求的女子。我们尝试接触过很多个，但都不成功，她们只能算是舵前的女子，不能称之为舵手，还有一种比较蠢的女子，只喜欢便宜的葡萄酒，喝得醉醺醺的，对流淌的河水、载舟的河水毫无兴趣。

————————

① 里昂·克劳德尔（Léon Cladel, 1835—1892 年），法国小说家。《独眼》（*N'a-qu'un-oeil*）出版于 1882 年。

我们在周日让她们上船，然后就厌烦地打发了她们。

可谁曾想到，某个周日的晚上，"独眼"带来了一个小姑娘，苗条、活泼、兴致勃勃、爱说爱笑，一肚子俏皮话，对于巴黎街头催生的那些拥有市井智慧的男女来说，这种俏皮话就是风趣幽默了。她不漂亮，但很吸引人，她是一张女人的草图，图上应有尽有，这种图是画家喝着白兰地、嘴里夹着一支烟，在餐馆桌布上两三笔勾勒出的速写稿。自然有时会创造出这样的姑娘。

第一晚，她让我们感到惊奇、有趣，她离开时我们都没什么意见。她是如此出人意料。落入这个会干各种蠢事的男人窝，她很快就成了这里的女主人。次日，她便征服了我们。

她是疯疯癫癫、迷迷糊糊的，好像生下来肚子里就有一杯苦艾酒一般。她妈妈生她的时候肯定是喝醉了，而她打呱呱坠地后就没清醒过。据她说，她的奶妈习惯于喝上几大口朗姆酒来给自己提神。至于她自己，她从来都把酒馆柜台后面的那些瓶瓶罐罐称作"我的神圣家族"。

我不知道是谁、又是为什么给她起了"苍蝇"这个绰号，但这个绰号很适合她，就这么定下来了。我们这条叫"颠倒叶"的船，每周都会从塞纳河顺流而下，从阿尼耶到迈松—拉菲特，载着五个欢快、健壮的小伙子，一个活泼的疯魔少女统治着他们。她待我们如同指定给她划船的奴隶。我们都非常喜欢她。

最初我们喜欢她的理由各种各样，但到后来就只有一个：她是我们船头的一个话匣子，在水面上拂过的微风里喋喋不休地诉说，她低沉、悠长的声音就像风车在转动；她会漫不经心地说出最为意想不到、蠢不可及或是令人目瞪口呆的话来。在她的心里，迥然不同的部分，就像各种材质、颜色的布条，没有仔细缝合，只是敷衍了事地用一两根线串在一起，那里有童话中才有的想象，也有黄段子，无耻，放肆，出人意料，滑稽——还有清新的空气与美丽的风景，就像乘着热气球旅行一样。

我们老是向她提问，引出她莫名其妙的回答。我们最爱纠缠她的问题就是："你为什么叫'苍蝇'？"

她的回答是如此匪夷所思，每次我们都会停下手中的船桨，大笑一番。

我们也喜欢作为女人的她；有一次，"无檐帽"（他从来不划船，一整天都坐在她旁边的舵手座上）回应了那个常规问题：

"你为什么叫'苍蝇'？"

他的回答是："因为她是一只西班牙小苍蝇[①]？"

是的，她是一只嗡嗡飞着的西班牙小苍蝇，让人头脑发热的西班牙小苍蝇，不是那种有毒的、甲壳闪闪发亮的、色彩斑斓的经典

---

① 西班牙小苍蝇，即斑蝥，碾成粉末后服用，据传有催情效果。

的西班牙苍蝇，而是有褐色翅膀的西班牙小苍蝇，让"颠倒叶"号划艇上的全体船员都感到骚动不安的西班牙小苍蝇。

关于苍蝇落在上面的这片叶子我们开了多少愚蠢的玩笑啊！

自从"苍蝇"来到船上，"独眼"在我们当中就拥有一种主导性的优势地位，他是一位拥有女人的绅士，而我们四个没有。他有时会滥用这一特权，当着我们的面亲吻"苍蝇"，在饭后让她坐在自己大腿上，以及其他很多独占性的举动，这让我们醋意大发且怒火中烧。

在宿舍里，有一道帘子把他们跟我们隔开了。

不过，不久后我就观察到我们四个单身汉都在沿着同样的思路去想："就连上流社会的妇女都不会对自己的丈夫忠实，那么，凭借什么样的例外法规，什么样不可接受的原则，像'苍蝇'这样一个不为偏见所束缚的人，居然会对自己的情人忠实呢？"

我们的想法是对的，并且很快就证实了。唯一遗憾的就是我们没有早一点发现，这样就不会为浪费的时光感到惋惜了。"苍蝇"瞒着"独眼"，和"颠倒叶"号上所有的水手都发生了关系。

没有任何抵抗，没有任何推拒，我们中每个人第一次要求她，她都接受了。

天啊，贞洁的人要大发雷霆了！何苦呢？哪一个风头正劲的交际花没有一打情人，哪一个情人又蠢不可及到对此毫不知情呢？与一个艳压群芳、大受追捧的女子相约共度良宵，不就好比在有经典剧目上演时的歌剧院或音乐厅订座，同样都是一种风尚吗？十个男人集资养一个娼妓，她为怎么分配自己的时间而发愁，不正像十个人集资养一匹赛马，但只有一个骑手能骑它吗？这正是"情郎"的真实形象。

为了照顾"独眼"的体面，周六晚上到周一早上，我们会把"苍蝇"留给他。划船的时间属于他。我们只在其他时间，在远离塞纳河的巴黎城内欺骗他，对于像我们这样的船夫而言，这根本算不上是欺骗。

这一情形的特别之处在于：他们这四个劫掠者完全明白自己是在分享"苍蝇"的恩宠；他们会互相讨论这件事。他们甚至会跟她转弯抹角地暗示这事，让她咯咯咯笑个不停。只有"独眼"似乎对一切茫然不知，他的这一特别处境，让他和我们之间别别扭扭的，把他和我们隔阂开来，孤立了他，在我们之前的信任与亲密之上建立了一道屏障。他成了我们心目中一个有点可笑的尴尬角色，一个被欺骗的情人（几乎等于丈夫）角色。

他非常聪明，有一种特别的、不露声色的、讽刺性的幽默，我们有时会不安地猜测他是否已经怀疑到了什么。

他煞费心机地以一种让我们很难受的方式向我们挑明了这件事。当时我们正准备去布吉瓦尔吃午餐，都在用力地划，"无檐帽"那天早晨看上去神采飞扬、心满意足，他坐在女舵手旁边，在我们看来，他们贴得未免过于放肆了。他叫停了划船，喊道："停！"

八支船桨从水里提起来。

他转向身边的姑娘，问："你为什么叫'苍蝇'？"

"苍蝇"还没有回答，正坐在船首的"独眼"，不咸不淡地回答："因为每一块臭肉她都会上去叮。"

刚开始，是片刻鸦雀无声的沉寂，每个人都觉得很不自在，然后又有一种想笑的冲动。"苍蝇"本人惊得瞠目结舌。

"无檐帽"又下令道："划！"

船又继续前行。

这事就这样结束了：已经水落石出。

这小小的风波没有改变我们素日的习惯。只是"独眼"与我们之前的温情又恢复了。因这件决定性的小事，他重新树立了优越地位，作为周六晚上到周一早上"苍蝇"的拥有者，他恢复了自己的荣耀。而关于"苍蝇"一词含义的讨论，也宣告结束。我们此后只能满足于感激而慎重的朋友这种次要角色，在工作日余暇小心翼翼地占点小便宜，不至于引发任何冲突。

这样平安无事地过了三个月。谁知，"苍蝇"对我们每个人的态度都变得怪异起来，郁郁寡欢、紧张不安、愁眉苦脸，差点就要发火了。

我们不断地问她:"你怎么了?"

她只是回答:"没什么,别管我。"

后来,在一个周六的晚上,"独眼"向我们揭示了原因。我们刚在酒馆老板巴比孔为我们预留的座位上坐下,喝完了汤,正等着煎鱼。这时,我们的朋友"独眼"也是愁容满面,他先是抓起"苍蝇"的手,然后说:"我的伙伴们,有一件至关重要的事我要跟大家宣布,这件事我们可能要商量很久。不管怎么说,在上菜的间隙我们还有时间好好谈谈。"

"可怜的'苍蝇'跟我说了一个很不幸的消息,她也想让我告诉你们。

"她怀孕了。

"我多说几句,现在不是抛弃她的时候,也禁止任何调查孩子生父的行为。"

刚开始我们都蒙了,只感到大祸临头。我们面面相觑,一时之间想要怪罪什么人。可是该怪谁呢?唉,是哪一个呢?

我从未像此时这样感觉到大自然残酷、滑稽、戏弄的危险,它从来不让一个男人可以确信自己是孩子的父亲。

渐渐地,心头涌上的一丝慰藉,让我们放松下来。这种慰藉来自一种模糊的同心同德之感。

平素沉默寡言的"战斧"这次首先开口了,将我们重归宁静的心境表达了出来："天啊，太糟了，团结起来才有力量。"

一个厨师的助手端上煎鱼。我们因为心里有烦恼，没有像以前那样扑上去吃。

"独眼"继续说道："在这样的情形下，她慎重地向我坦白了全部事实。朋友们，我们全都有同样的罪。我们握握手，共同收养这个孩子吧。"

我们一致同意，朝煎鱼的方向举起手臂，发誓说："我们收养这个孩子。"

"苍蝇"，这个迷人又疯癫的爱情乞丐，一个月以来一直被各种想法折磨着，现在终于从可怕的忧虑的重压下解脱出来，喊道："啊，我的朋友，我的朋友们！你们的心真好……真好……太好了！谢谢大家！"

她第一次在我们面前哭了。

从那以后，我们在船上提起这个孩子，就仿佛他已经出生了一样。我们每个人都怀着一种责无旁贷的关切，对我们的女舵手缓慢但稳定增长的腰围产生了兴趣。

我们会暂停划船，好问一问她："苍蝇！"

她应道："在！"

"男孩还是女孩？"

"男孩。"

"他长大了做什么？"

这时她会展开她天马行空般的想象，滔滔不绝地讲起来，从他出生那一天说到飞黄腾达的那一天，她的虚构能力令人惊叹。这个特别的小妇人，她现在和我们五个纯洁地生活在一起，把我们叫作"五个爸爸"，在她天真、热情、动人的梦想里，那个孩子简直无所不能。她想象他是个水手，发现了一个比美洲还要大的新世界；她想象他是个将军，为法国收复了阿尔萨斯和洛林；她又想象他是个皇帝，建立了一个贤明的贵族王朝，为我们国家带来莫大福祉；又想象他是个科学家，首先发现了炼金术和长生不老的秘密；又想象他是个飞行员，发明了一种参观其他天体的方法，将浩瀚的天空变成了人类散步消闲的地方……在她的白日梦里，那个孩子实现了多少难以预料的、奇妙的成就啊！

上帝啊，但愿这个可怜的小姑娘永远这么快活，这么有趣！然而夏季结束了。

她梦想破灭的那一天是九月二十日。我们从迈松—拉菲特午餐回来，正经过圣日耳曼，她口渴了，让我们在勒佩克停下。

她身体变得笨重有好一阵子了，这让她很是烦恼。她再也不能像以前那样蹦蹦跳跳了，再也不能像以前那样一下从船上跃到岸上。尽管每次我们又是喊又是劝，她还是老想着要尝试，要不是我们会伸出手接住她，她少说也得摔过二十次了。

在那一天，她也太马虎了，船还没停稳，她就想试着下船。生病或者累垮了的运动员有时就是因为这种英勇的冲动送命的。

我们都在忙着停船，既没有预见也没法阻止她的举动，只见她站起来，准备跳到岸边的码头上。

由于力量不足，她只有脚尖碰到了石阶的边缘，滑了一跤，整个肚子撞到石板的尖角上。她大喊一声，消失在水中。

我们五个同时跳到水里。拉她上来时，这可怜的姑娘已经昏厥过去，脸像死了一般苍白，显然经受着巨大的痛楚。

我们只能迅速把她抬到最近的客栈去，叫来一个医生。

在流产持续的十个小时里，她以无比的勇气忍耐着可怕的折磨。我们聚在她周围，焦虑、痛苦而又恐慌。

她产下一个死婴，接下来的几天，我们都为她的生命担忧极了。

终于，一天早上医生告诉我们："我觉得她脱离危险了。这姑娘简直是铁打的。"我们心里洋溢着喜悦，进了她的房间。

"独眼"代表我们大家告慰她："'小苍蝇'，你脱离危险了，我们都好开心。"

她第二次在我们面前哭了，眼里噙着泪水，结结巴巴地说："啊，要是你们知道……我有多么难过……我太难过了……我再也不能原谅自己……"

"为什么啊，'小苍蝇'？"

"是我害了他，确确实实是我害了他！我不是故意的，我多么难过啊……"

她抽泣着，我们围绕着她，也都很难过，不知道该对她说什么。

她又问："你们看到他了吗？"

我们同时回答："嗯。"

"是个男孩，对吧？"

"对。"

"很好看，对吗？"

我们迟疑了好一会儿，"快信"，我们当中最口无遮拦的一个，给出了肯定的回答："是很好看。"

错误无法挽回了，她呻吟起来，几乎可以说是绝望的哀号。

这时，也许是最爱她的"独眼"，想出一个绝妙的宽慰她的办法。他吻着她满是泪水的眼睛，说："高兴一点吧，'小苍蝇'，开心一点，我们会再给你一个的。"

她骨髓里的幽默感猛地苏醒了，心里还满怀痛苦，眼角还挂着泪花，半认真、半开玩笑地看着我们所有人，问："真的？的的确确？"

我们同声回答道："真的，的的确确。"

橄榄园

一

在马赛与土伦之间，皮斯卡海湾的尽头，有个属于普罗旺斯的小码头加朗杜。当码头上的人望见维尔布瓦神父的船捕鱼归来时，他们急忙下到海滩帮他把船拖上来。

船上只有神父一个人，尽管已经五十八岁了，他的精力还是很充沛，像个真正的水手那样划船。他袖子卷着，露出肌肉结实的胳膊，法衣下摆挽起来夹在膝盖中间，胸前有几粒扣子解开了，三角帽放在坐板上面，头上戴着白帆布蒙着的软木帽。他的样子像是个热带地区身体健壮但有点古怪的教士，更适合探险而不是做弥撒。

他时不时回头看看身后，好确认靠岸地点，接着又不紧不慢、不慌不忙、强劲有力地划着船，好让这些南方人再瞧瞧北方人是怎么划船的。

快船碰到沙滩，滑了上去，就像要用龙骨爬行整个沙滩一样；之后船猛地停了下来，五个正在观望着神父的男人围拢过来，都和颜悦色的。他们对神父都颇有好感。

"神父，"一个人用很重的普罗旺斯口音问道，"这次收获不小吧？"

神父把桨收进船舱，摘下他的圆帽，换上三角帽，又捋下袖子，扣好法衣的纽扣，恢复了乡村牧师的庄重仪表，这才不无骄傲地回答："嗯，嗯，很好，有三条海鲈鱼，两条海鳝，还有几条魟鱼。"

五个渔夫走到船边，俯下身用内行的眼光打量着那些死鱼：肥厚的海鲈鱼；头部扁平的海鳝，一种丑陋的海蛇；紫色的魟鱼，身上有橘色的锯齿条纹。

其中一个说："神父，我帮您把鱼拿到村子里吧。"

"谢谢，我的伙计。"

跟他们握过手，神父迈开步子，一个跟在后面，其余人留下来帮忙收拾他的船。

他缓慢地大步走着，看上去充满力量和威严。由于猛力划船，他现在还是很热，经过稀疏的橄榄树荫下时，会摘帽子凉快一下。空气仍是热乎乎的，但一丝海风带来些许凉意。他头顶是短而直的白发，方正的前额更像一个军官而非神父。村子建在宽广山谷里的一个山岗上，经由一道缓坡通往大海。

正是七月的黄昏，耀眼的太阳还差一点就要落到远处锯齿状的山峦背面去了。斜晖在神父身后蒙了一层灰土的路上投下长长的影子；他巨大的三角帽抛下一大块暗影，就像玩游戏似的，快速爬上路边每一株橄榄树，接着又贴回地面，在树与树之间滑行。

普罗旺斯的道路一到夏天总是盖着一层细细的尘土，那触不可及的粉末烟雾一般笼罩在神父的法衣周围，将法衣的边角染上一层灰色，并变得越来越白。天现在凉了下来，神父手插在兜里，用山里人特有的那种缓慢而有力的步伐走着，眼神平静地望向村庄，这是他的村庄，他在这里做了二十年神父。这地方是他选的，经过上级特别通融派给他的，十有八九他要终老于此了。教堂，他的教堂，被一栋栋沿着山坡建造的民居簇拥着，有两座棕色的、大小不一的方石砌成的钟楼。在这风景怡人的峡谷内，高耸于山岗上方，看上去更像是古代堡垒的塔楼，而不是教堂的钟楼。

由于打到了三条海鲈鱼，两条海鳝，还有几条鲀鱼，神父兴致勃勃。

为了这小小的新战果，他很是得意。他在教民中颇受敬重，有个特别的原因就是尽管他年事已高，却仍然是这片地区最健壮的。这与人无害的、小小的虚荣是他最大的愉悦。打枪时，他能一枪打断花梗；有时他还跟做烟草商的邻居对练击剑，这位邻居曾在部队里担任队长；说到划船，附近沿海的任何人都比不上他。

他曾经是上流社会声名显赫的人物，优雅得体的德·维尔布瓦男爵，三十二岁时因为情场失意当了神父。

他出身于庇卡底一个古老家族，家族里的人拥护王室，虔诚信教，几个世纪以来都是将子弟要么送到军队，要么送去司法界，要么就去教会任职。刚开始，他打算接受母亲的建议接受神职，后来在父亲的坚持下，他决定先去巴黎拿一个法律学位，然后在司法部门找个要职。

然而，正当他快要完成学业时，他父亲在沼泽地里打猎得了肺病，不治身亡，母亲也因悲伤过度相继去世。他发现自己成了巨额财产的继承人，于是他放弃了要从事任何职业的计划，安于富家子弟的生活。

正如他那一身肌肉得自遗传，他也继承了庇卡底乡绅的信仰、传统，他虽受这些限制，但由于潇洒又聪明，富有魅力，作为一个守旧、富有的年轻人在上流社会很受器重和欢迎。

可是突然间，在一个朋友家里和一个年轻女演员邂逅几次以后，他爱上了她。她是音乐戏剧学院的学生，在奥泰翁剧院的首演大获成功。

他用生来就对一切抱有绝对观念的人的那种鲁莽和冲动来爱她，他透过她大获成功的首演中那个浪漫角色的棱镜来看她，爱她。

她呢，天生丽质却本性堕落，神态天真无邪，他称她"如天使一般"。他臣服于她，成了个如痴似醉、五体投地膜拜她的疯子，女人的秋波婉转、裙角飞扬就让他的激情如熊熊大火，足以致命。她成了他的情妇，离开了舞台，四年间他的热情有增无减。要不是有一天他发现她一直在蒙骗他，与那个把她介绍给自己的朋友有私情，他肯定会不顾门第观念和家族荣誉，和她正式结婚的。

使得事态更加严重的是，她已经怀孕，而他正等着孩子一出生，就把婚事定下来。

当他手里拿到了证据，也就是那些他偶然在抽屉里发现的信之后，野性未除的他开始指责她的不忠、背叛、寡廉鲜耻。

而她呢，这个在巴黎街头长大的孩子，并不知道什么是羞耻，也不懂什么是贞洁，对另外那个男人，她确信和这个一样，都能握在手心里，因此正如平民百姓的女儿大摇大摆走上街垒作战一样，她也毫无畏惧地顶撞他，辱骂他；正当他举起手要打她时，她竟然指着自己的肚子给他看。

他停下手，脸色煞白；他想象着自己的后代就在那污秽的肉体里，在那卑贱的身体中，那是他的孩子啊！他扑过去，打算把她们两个都毁掉，洗刷这双重的耻辱。她害怕了，感觉自己要大祸临头，她在他的拳头下打滚，见他抬起腿要踩自己怀孕的肚子时，她伸出手挡住他，喊道："别杀我！这不是你的，是他的！"

他大吃一惊，退缩了，慌张之下，他的怒气和他的脚都暂时搁置下来。他结结巴巴地问："你……你说什么？"

她在这人可怕的眼神和姿态里看到了死亡，吓坏了，重复道："不是你的，是他的。"

他茫然失措，呆愣愣地从牙缝里挤出一句，喃喃道："你是说孩子？"

"对。"

"你撒谎！"他又提起脚，像是要再踩一次，这时他的情妇跪着爬了起来，一面往后躲闪，一面结结巴巴地说："我跟你说，这就是他的，如果是你的，早些时候怎么没有怀上呢？"

这样的推理在他看来绝对正确。那一瞬间，所有的事情看起来都异常清晰，精确无误，难以辩驳，有理有据，不可抵赖——他被说服了，他确信自己不是她肚子里那个倒霉孩子的父亲，如释重负，浑身轻松下来，他不再想要杀掉这个无耻的女人了。

他用平静下来的语调说："起来，滚！别再让我见到你！"

彻底失败的她听到他的话离开了。

他再也没有见过她。

他也离开了，朝着太阳的方向去了南方，在地中海边一个山谷中的小村子住了下来。他喜欢那里面朝大海的小客栈，在那里租了个房间。在那儿他一待就是一年半，悲伤、绝望、凄凉。他怀着对那个背叛他的女人的心碎记忆住在那里，她的魅力，她蛊惑他的手段，她难以言喻的魔法都让他魂牵梦萦，可惜再也不能得到她的陪伴与爱抚。

他在普罗旺斯的山谷里漫游，橄榄树的灰色叶缝间筛下的阳光照着他怎样也无法摆脱烦恼念想的脑袋。

幸好他本来已经冷却的早年的虔诚观念、对于信仰的热情又在这种痛苦的孤独中回到了他的心里。宗教，他曾经把它当作躲开未知生活的避难所，现在又把它当作摆脱欺骗他、折磨他的生活的避难所。他保留了祷告的习惯，此时在痛苦之中，他更加热心地祷告。傍晚时分，他经常在昏暗的教堂里跪拜，那里唯一的光来自圣坛尽头的一盏油灯，那小小的火焰是祭坛的神圣守护者——天主，存在的象征。

他把自己的不幸向天主倾诉，倾诉自己的苦闷，向他寻求指导、怜悯、帮助、庇佑、安慰。每天重复的祷告日益热烈，他对宗教的情感越来越虔诚。

他为了爱一个女人而受伤、痛楚的心灵依然敞开着，一直渴望着爱，渐渐地，靠着祈祷，靠着隐士一样的生活，靠着逐渐增长的虔诚的习惯，全身心投入与那慰藉悲惨人生的天主的交流中，对天主神秘的爱进入了他的心灵，征服了那另一种爱。

于是他又拾起了最初的计划，决意向教会奉献自己本该完整无缺但现在已经破碎了的生命。

他当了神父，通过他家族和朋友的关系，他得到了去那个普罗旺斯的村子，那个自己偶然发现的村子的委任状。大部分的财产，他都捐献给了慈善事业，只保留了一小部分，让他可以在有生之年接济、帮助穷人。在侍奉天主、关怀他人的这种生活中他找到了一个宁静的港湾。

他是个狭隘但和善的神父、一个带有军人气质的长老、教会里的导师。在生活的丛林中，本能、兴趣、欲望都会让人迷失方向，走向邪路，他把这些人强制性地引导到康庄大道上。不过，他仍然保留了大部分往日的性格，他从未停止过喜欢激烈的运动，打鱼和打猎，还有武器。至于女人，他憎恨她们，憎恨所有的女人，就像小孩面对神秘莫测的险境时那样恐惧。

二

跟在神父后面的渔夫总觉得舌头痒痒的，有一种南方人特有的想聊天的冲动。可因为神父在教民中享有崇高的威望，他不敢冒昧开口。终于，他还是大着胆子说："神父，您在自己的屋里住得可还舒服吗？"

神父的这栋木屋是那种很小的房子，城里和村里的普罗旺斯人为了夏日乘凉会住在里面。神父觉得自己在教堂旁边、禁锢在教区中心的那个正式住所太封闭了，便租了这个田野里的小房子，到他之前的住所要走五分钟的路。

哪怕在夏天他也不是一直住在田野里的房子，只是不时在这儿待上几天，在绿色的风景中生活，练练打枪。

"是的，我的朋友，"神父回答，"在这里我住得很舒服。"

从树木间可以望见这低矮的漆成粉色的房子，被枝叶切割成长条、剁成碎片，就像一朵普罗旺斯蘑菇长在没有围墙的地里。

还可以看到一个高个儿女人在来来回回准备一张小饭桌，她慢吞吞地、有条不紊地进行自己的工作，依次拿来了一份刀叉、一个盘子、一方餐巾、一块面包、一只杯子。她头上戴着阿尔地方的女人常戴的软帽，这是一种丝质或者天鹅绒的尖顶圆锥形的帽子，缀着蘑菇状的白球。

神父走到她能听见的距离，冲她喊道："嗨！玛格丽特！"

她停下来看了一眼，认出她的主人："哦，是你啊，神父？"

"是啊，我给你带回来好多鱼，想让你马上煎一条海鲈鱼，完全用黄油来煎，别的什么都不用，明白了吗？"

女仆来到男人们身边，用内行的眼光打量着渔夫带回来的鱼。

"不过，我已经做了鸡肉米饭了。"

"那可糟了，鱼一过夜就没有刚出水那么鲜了。我想要好好美餐一顿，打到这么多鱼也不是常常有的事。这也不算大罪吧。"

女人挑出一条海鲈鱼，正要离开时，她又转过身说："哦，神父，有人来找了你三次。"

他漫不经心地问："一个男人？什么样的？"

"呃，他的样子看着很不靠谱。"

"一个乞丐吗？"

"嗯，可能是，我说不准。我感觉他像个二流子。"

普罗旺斯方言里的"二流子"表示坏蛋和流浪汉，神父听到这个词笑了，他熟知玛格丽特胆小怕事的性格，她在屋里整天提心吊胆，到了晚上更是担心着他们会被人谋杀。

他给了渔夫几个苏，渔夫离开了。他对玛格丽特说了声："我去洗洗手洗洗脸。"在个人卫生方面，他保留了之前在上流社会的习惯。玛格丽特正在厨房用小刀逆着鳞片的方向刮海鲈鱼的鳞，鳞片沾了点血，像小银币一样落下来。

"啊！他又来了！"玛格丽特喊道。

神父朝路上望了望，的确看到一个男人，远远瞧过去，一身破破烂烂的不像样子。他迈着小步走近。神父等着他，为女仆的惊慌失措而暗笑，想："说真的，她说得没错，他确实像个二流子。"

陌生人手插在兜里，走近了，不慌不忙地端详着神父。他是个年轻人，留了一撮金色卷曲的络腮胡，有几绺头发从帽子下露出来。

那顶帽子又脏又破，原本是什么颜色什么形状没人能猜得出。他身上穿一件棕色大衣，裤脚那儿磨得参差不齐，脚上套着帆布凉鞋，走起路来软绵绵的，悄无声息，像潜行者那样鬼鬼祟祟，让人不安。

离神父几步远的时候，他摘下前额蒙着的那块破布，像演戏似的脱帽行礼，露出一个虽说憔悴但还好看的头颅，已经谢顶了，这是早年过于劳累或者放荡纵欲的标志。这家伙肯定不超过二十五岁。

神父也马上脱帽致意，他猜到这人并非普通的流浪汉，也并非那种一时没有活干的工人，或许是经常出入监狱的惯犯，那些人满口都是长期坐牢的犯人之间的黑话。

"你好啊，神父。"这人招呼道。

"你好。"神父简单地回应了一句，没有称呼这个衣衫褴褛、形迹可疑的人为"先生"。他们相互审视着。面对这个潜行者的目光，维尔布瓦神父感到如临劲敌，心烦意乱；一种莫名其妙的焦虑袭来，让他打了个哆嗦。

这个流浪汉终于又开口道："您不认识我吗？"

神父不胜惊诧，说："我？我一点都不认识你。"

"哟，您一点都不认识我？再仔细瞅瞅。"

"再看也没用，我从来都没见过你。"

"这倒也是，"那人阴阳怪气地说，"不过我会让你看看你很熟的一个人。"

　　他又戴上帽子，解开大衣纽扣，里面的胸膛裸露着，一条红腰带缠在瘦瘦的肚子上，在胯骨上面挽住裤子。

　　他从口袋里掏出一个不成样子的信封，这个放在流浪汉衣服夹层里的信封，外面满是各式各样的污迹，里面装着各式各样的文件，半真半假，有偷来的，也有合法的，在遭逢警察时，能保护他们可贵的自由。从这个信封里，他抽出一张照片，这种照片当初曾颇为流行，大小跟信封差不多；这张照片多少年来丢来丢去，早已发黄、破旧，又让这人贴身揣着，被他的体温烘得色泽黯淡。

　　他举起照片，放在自己脸旁边，问："您认识这个人吗？"

　　神父往前走了两步好看清楚一点。他猛地停下来，大惊失色，慌乱不安了，这正是他自己的照片，是在遥远往昔的热恋时期拍了给她的。

　　他一时茫然，无法理解这是怎么回事，就没有做声。

　　流浪汉又问了一遍："你认识这个人吗？"

　　神父支吾着说："当然。"

　　"这是哪位？"

　　"是我。"

　　"确实是你？"

　　"当然。"

　　"那就好，你现在好好瞅瞅我们两个，看看你的照片再认认我的样子。"

这不幸的人已经看出来了，照片里的人和这个举着照片在笑的人，长得就像两兄弟一般。但他还是不明所以，结巴着问："你想要我做什么？"

这乞丐恶狠狠地说："我想要你做什么？首先，我想要你承认我。"

"你是谁？"

"我是谁？随便问一个路人，问问你的女佣，要是你愿意，咱就去问问村长，让他瞧瞧这个，我保准他会大笑一番的。哎，你就不想承认我是你儿子吗，神父爸爸？"

老人举起双臂，做了个哀求天主的姿势，呻吟着说："没有这回事！"

年轻人走向前来，和他面对面紧挨着。

"哟，没有这回事？唉，神父，撒谎可不行啊，明白不？"

他攥起拳头，脸上露出威胁的表情。他说话的口气如此自信，神父不住地后退，不知道他们俩是哪一个搞错了。

他还是再次申明："我从未有过孩子。"

另一个反击道："大概也没有情妇吧？"

老人坚决而倨傲地吐出一个字："有。"

"你把那个情妇赶走的时候她不是大着肚子吗？"

突然间，二十五年前强压下去的那股怒火，那从来没有熄灭，只是封闭在这个老情人心底的怒火，冲破了他用听天由命的虔诚和放弃财产的心境建造起来的宗教壁垒，爆发了。他不由自主地吼叫："我赶她走，是因为她欺骗了我，怀上了另一个人的孩子；要不然我就会杀了她，连你也会一起杀掉呢，先生！"

神父由衷的怒火让年轻人大感意外，反应变得有些迟疑了，他转而用温和的口气说："是谁告诉你那是另一个人的孩子？"

"是她说的，她自己亲口说的，在跟我顶嘴时承认的。"

流浪汉没有试图反驳神父的说法，而是用流氓无赖断定是非时满不在乎的腔调说："那么就是她在跟你吵架时搞错了，无非这么回事。"

发泄完怒火后，神父稍稍能克制自己了，问："是谁告诉你，你是我儿子的？"

"她啊，临死前说的，神父……她还给了我这个。"他把那张小照片递到神父面前。

老人慢慢地接过照片，心里头翻江倒海，他比对着陌生人和那张旧照片，再也没法怀疑了：这确确实实是他的儿子。

悲伤抓住了他的心魂，一种难以言表的激动，就如对于往日罪行的悔恨一般。他多少明白了一些，其余的他也猜到了，往日分别时那粗野的场景再次浮现在眼前。当时为了从他这个狂怒的男人手里活命，那个撒谎成性的女人才扔给他这个谎言。这谎言成功了。而他的儿子出生、长大了，变成这肮脏的流浪汉，如同满身膻味的山羊，散发着腐臭、堕落的气息。

他喃喃低语道："你跟我走一会儿，我们把事情说明白，好吗？"

那人冷笑起来："就等着这个呢，不然我来这儿干啥？"

他们并肩走了出去，漫步在橄榄园里。太阳已然沉没，南方黄昏清凉的空气给田野披上一件无形的斗篷。神父打着冷战，以神职人员惯有的姿势猛地抬起眼，张望着四周，神圣的橄榄树上灰扑扑的小叶在天际簌簌颤动，它们曾经用自己稀薄的树荫遮蔽过基督唯一的软弱时刻出现的那至大的哀愁。[1]

他不由自主地在心底里默默祷告着，简短而绝望地祷告着，"主啊，救救我！"

他转向他的儿子："这么说，你母亲已经死了？"

说出这句话的时候，一种新的哀痛苏醒了，揪紧了他的心。这是从未忘却的往日的不可思议的痛楚，他所经历的内心折磨的残酷回音。还不止于此，因了她这一死，那青年时代甜蜜的冲动、短暂的欢乐，除了回忆带来的创伤外，竟什么也没有留下。

---

[1] 见《新约·路加福音》第二十二章："耶稣出来，照常往橄榄山去。门徒也跟随他。到了那地方，……跪下祷告，说，父啊，你若愿意，就把这杯撤去。然而不要成就我的意思，只要成就你的意思……耶稣极其伤痛，祷告更加恳切。汗珠如大血点，滴在地上。"

年轻人答道："是的，神父，母亲已经死了。"

"已经很久了吗？"

"对，三年了。"

神父又起了疑心。

"那么，你怎么没有早点来找我呢？"

年轻人迟疑了一下，说："我没法早点来，遇上了别的麻烦事啊。不过，请原谅我暂时没法继续这场推心置腹的交谈吧，晚点我会把一切都跟你说明白，要多详细都行。只是眼下我不得不跟您说，从昨天早上到现在，我还没吃过一口饭呐。"

老人心里猛然升起一阵怜悯之情，全身都战栗了，他伸出手说："唉，我可怜的孩子！"

年轻人接过神父的大手。他细长的指头包裹在里面，有些潮热。他用几乎从来没丢下的阴阳怪气的腔调说："不错不错，我实实在在地开始觉得咱们还是能相处得来的。"

神父迈开了步子。

"一起吃晚饭吧。"

怀着一种朦朦胧胧、不明所以的激动，他忽然想到他刚打来的好鱼，还有鸡肉米饭，这些正好给他可怜的孩子准备了一顿丰盛的晚餐。

来自阿尔地方的女仆正紧张不安地等候在门外，脸上已经有了愠色。

"玛格丽特,"神父招呼她说,"搬起桌子放到屋里去,快一点,放两套餐具,要快!"

女仆一想到主人要跟这个罪犯在一起吃饭,不禁心慌意乱。

神父不等她动手,亲自收拾起桌子,撤下为自己准备的餐具,拿进一楼仅有的那间客厅,放在地上。

五分钟后,他与这流浪汉面对面坐着,两人中间是个盛满白菜浓汤的盆,热气缭绕,形成一小团云雾。

三

盘子一舀满,流浪汉就一勺接一勺地大口喝起汤。神父已经不感到饿,只是慢慢吸着白菜汤的香气,面包搁在盘子上没有碰。

他蓦地问:"你叫什么?"

这人因为没那么饿了开心地笑着说:"父亲又不知道是谁,没有别的姓,只能用母亲的姓,这一点你不会忘记吧。至于教名,我有两个,顺便提一句,这名字跟我不怎么合适,是菲利普—奥古斯特。"

神父脸色变得煞白,喉咙堵堵的,问:"为什么给你取这样的教名?"

流浪汉耸了耸肩。

"你肯定能猜到原因。离开你以后，母亲想方设法让你的情敌相信我是他的儿子，他也确实差不多信了，直到我十五岁。那时候，我长得跟你太像了，他就不再承认我是他儿子了，那个狗杂种。他的两个教名，菲利普—奥古斯特可还是我的，要是我走运，长得不像任何男人，或至少像从来没在他面前露脸的第三者的儿子，我今天就会被称作菲利普—奥古斯特·普拉瓦隆伯爵，同名的伯爵、参议员事后追认的儿子，至于我自己，我宁可叫自己'倒霉蛋'。"

"这些事你是怎么知道的？"

"他们就在我面前议论啊，我的天，我跟你讲，他们吵起来还真够坦白的！啊，正是这样的事让人明白生活的真相啊！"

比起过去的半小时经受的痛苦，神父此刻感受到的撕裂更严重。他的内心开始有种透不过气来的窒息感，而且越来越厉害，最终把他憋死也说不定。与其说是他听到的这些事让他难受，还不如说那个下流胚堕落的面孔让他恶心。他感到在这个人与自己之间，他的儿子与他之间，有一条道德污秽的臭水沟，对于一些人可以说是致命的毒药。这真是他的儿子吗？他仍然不能接受。他想要所有的证据，他想要了解一切，知道一切，倾听一切，忍受一切。他再次想到环绕着他的屋子的橄榄树，喃喃自语着："主啊，救救我！"

菲利普—奥古斯特喝完汤，问："神父，我们就只有这些吃的？"

厨房在外面，是一个依托正房建造的棚子。玛格丽特在那儿听不到神父的声音，他习惯敲几下身后墙上的一面铜锣，以此通知自己需要找她。

这时他拿起皮包头的槌子，在铜锣上敲了几下，铜锣发出可怕的悲鸣，声音起初很微弱，继而响亮、清楚起来，震颤着，尖利刺耳。

女仆现身了，她绷着脸，怒气冲冲地瞥了几眼那个"二流子"，如同一条忠实的狗一般本能地预感到主人要大祸临头。她手里端着煎好的海鲈鱼，散发着熔化的黄油的香气。神父用一个小勺从头到尾把鱼划开，将去了骨头的鱼肉拨给他年轻时留下的孩子，说："这是我刚刚打来的鱼……"在眼下的困窘中，他言语间还残留着些许自豪。

玛格丽特仍然站在那儿。

神父又说："拿酒来，要好酒，科西嘉海角的白葡萄酒。"

她差点做了一个要反抗的手势，神父不得不板起脸又说了一遍："去！拿两瓶！"他难得请别人喝一次酒，自己也想借机喝一瓶享受一下。

菲利普—奥古斯特喜形于色，低语道："妙啊，太好了，我好多年没吃得这么好了！"

两分钟后女仆回来了。神父感觉这两分钟漫长得好像永恒。想知道一切的欲望让他的血沸腾起来，就像地狱里的火一样灼烧着他。

酒瓶开启了，但女仆还站在那儿，眼睛一眨不眨地盯着那个"二流子"。

"走吧。"神父说。

她假装没听见。

他用几近严厉的语气又说了一遍："我吩咐过了，你走开。"

她离开了。

菲利普—奥古斯特贪婪地吃着鱼；他的父亲盯着他，在这张与自己如此相像的脸上发现了卑鄙，让他越来越惊奇，越来越伤心。他嘴里填了一小块鱼肉，可喉咙梗着怎么也咽不下去；他反复咀嚼着，在千头万绪的问题中，找一个自己最想马上知道的。

最后他低声问："她是怎么死的？"

"肺病。"

"病了很久吗？"

"差不多一年半吧。"

"怎么得的病？"

"没人知道。"

他们沉默下来，神父思索着。他心头压着多少急于了解的事啊！自从他们关系破裂，他差点杀死她那天起，他对她之后的消息就一无所知。当然了，他也不想打听什么音讯，他已经断然将她和他快活的岁月抛弃到遗忘的深沟里；然而现在，她死了，他突然感觉到心里有一股迫切地想了解一切的渴望冲击着自己，一种含着嫉妒的渴望，甚至可以说是一种对情人的渴望。

他又问："她不是一个人，对吧？"

"不是，她一直跟他生活在一起。"

老人吃了一惊。

"和他？和普拉瓦隆？"

"当然。"

他计算了一下，这个背叛他的女人和自己的情敌总共一起生活了超过三十年。

他不由自主地结巴着问："他们在一起快乐吗？"

年轻人含讥带讽地笑笑："当然快乐啊，有好的时候，也有没那么好的时候，起起伏伏吧！要是没有我就好了，我把一切都弄糟了。"

"怎么弄糟的，又是为什么？"神父问道。

"我已经跟你说过了。我十五岁前，他都以为我是他的儿子，可是他并不傻，这个老货，他眼睁睁看着我长得跟你越来越像，就开始跟母亲吵架。我会在门外偷听。他指责母亲让他上了这个大当，母亲回答：'这难道是我的错吗？你和我在一起的时候，不是很清楚我是那个人的情妇吗？'她说的那个人就是你。"

"哦，这么说他们有时会提到我？"

"对，但在我面前他们从来不提你的名字，只是到了后来，到了母亲觉得自己快不行的时候才跟我说的。我跟你说,他们是存着戒心的!"

"那么你……你很早就知道你的母亲和他这种关系是不正当的吗?"

"天啦,我又不是白痴,我跟你说啊,我从来就懂得很,对于在社会上混的人来说,这种事不是一目了然的吗?"

菲利普—奥古斯特给自己一杯接一杯地倒酒。他的眼神亮晶晶的,由于长久的饥饿,他很快就醉了。

神父注意到了这点;他差点要劝阻对方,接着有个念头隐约闪过:醉酒会让人更管不住舌头,更喜欢讲话。于是他拿起瓶子,又给年轻人倒满了。

玛格丽特带来了鸡肉米饭,接着气呼呼地说:"神父你瞧瞧,他已经醉了。"

"你就不能让我们安静一会儿吗?"神父说,"走开。"

她摔门出去了。

神父问:"你的母亲平常提到我都说些什么?"

"嗐,还不是女人说起她甩掉的男人,通常爱说的那些,说什么你脾气差难相处啦,说什么让女人感到讨厌啦,说什么要按你的想法女人就没法活啦,等等。"

"她经常说起这些吗?"

"是的，有时说得含含糊糊的，好让我听不明白，但我什么都能猜出来。"

"那你呢，那个家里是怎么对待你的？"

"我？刚开始什么都好，后来就糟透了。母亲见我坏了她的好事，就撵我走，逼得我借酒消愁。"

"怎么会这样？"

"怎么会这样？很简单，我大约十六岁的时候，惹上了一档子事儿。那两个混蛋就把我送到了感化院，眼不见为净。"

他胳膊肘支在桌上，手托着脸，已经醉得一塌糊涂。他突然有一种难以克制的冲动，要谈谈自己，醉鬼就是这么喜欢天花乱坠地吹嘘自己。

他眉开眼笑，嘴角流溢着一种女性的妩媚，神父认出了这种异常的妩媚。不仅认出，而且感到又可恨又愉悦——这正是当初征服他并让他堕落的那种妩媚。这个孩子现在更像他母亲了，不是五官特征相似，而是那种诱人的、虚假的神色相似，尤其是那种说谎时魅惑的微笑，如同打开了嘴上的这道门，将一肚子坏水倾倒出来。

菲利普—奥古斯特说："哈！哈！哈！从感化院出来后，我过的是什么生活啊，这么奇特的经历，让一个大小说家花大钱买下来他都愿意。说真的，哪怕是写《基督山伯爵》的大仲马，也从未写过像我经历的这么稀奇古怪的事！"

他沉默了一阵子，脸上显出醉汉在思考时那种哲学家似的严肃，接着又慢慢说道：

"要想孩子学好，永远也别送他去感化院，不管他做过什么，他在那里学到的东西只会让他变得更坏。我不过是设计了一个巧妙的把戏，结果搞砸了而已。那天晚上，九点多钟，我跟三个伙计在溜达，我们四个都有点醉醺醺的了——当时正在大路上，福拉克港口附近——我忽然瞅见一辆马车，上面的人都睡着了。赶车的和他家人是马蒂农的，在城里赴宴后回去，我就拉过马缰绳，把马领到渡船上，把船往河水中央一推。赶车的听见响声惊醒过来，可是他因为什么也没看见，就甩了一下鞭子，马向前一冲，带着车一起掉到了水里。全都淹死了！我那几个伙计告发了我。刚开始他们看见我玩这把戏的时候，笑得可开心了。当然，我没想到事情会是这么个结果。我们只想让他们泡个澡，找找乐子罢了。

"那以后我又做了许多更严重的事，都是为了给第一件事复仇，实在不应该为了这种破事把我关起来。不过，将这些事全讲一遍也没必要，我只讲讲最后一件吧。这件你肯定喜欢。我替你报仇了，爸爸。"

神父啥都不吃了，紧张地望着他的儿子。

菲利普—奥古斯特正要继续讲，神父说："不，等等，等一小会儿再讲。"

他转过身，在铜锣上敲出刺耳的声音。

玛格丽特马上进来了。

神父的口气如此严厉，她不由得害怕而顺从地低下头听着。她的主人吩咐说："把灯还有你准备的所有吃的都拿来放到桌上，之后我不敲锣，就别再过来了。"

她出去后又回来，在桌布上摆了一盏蒙着绿色灯罩的白瓷灯，一大块奶酪，还有一些水果，又出去了。

神父这才断然道："你现在讲吧。"

菲利普—奥古斯特不慌不忙地在自己盘子里盛了水果，又倒上一杯酒。尽管神父几乎滴酒未沾，第二瓶酒也快要见底了。

年轻人嘴里塞满食物，酒又灌多了，磕磕巴巴地说道："我最后一次玩笑是这么回事……值得大书特书！我回家了……他们虽说怕我，不愿我待在那儿，也没别的办法，我就赖了下来……他们怕我……嘿嘿，谁也别得罪我……得罪了我，我啥都干得出来……你也知道吧……他们有时住在一起，但有时也不在一起。他有两处住所，一处是他参议员的家，一处是他情妇的家。但他跟母亲在一起的时间要比待在自己那个家的时间更久。这是因为他已经离不开她了。啊！这个精明、有本事的女人！母亲……她很懂得怎么抓住男人，的确是精于此道！他整个身心都被俘虏了，一直到死，她都把他牢牢抓在手心里。男人真够蠢的！总之吧，我一回来，他们对我都唯唯诺诺的。我如果想要什么，有的是计谋。耍手段也好，硬碰硬也罢，我谁都不怕……妈妈突然病了，他把她移到默朗附近的一处房子里，那房子在一个森林那么大的花园里。就如我刚才说的，她的病持续了一年多，到了最后的日子。他习惯每天从巴黎赶过来，他可是真心实意地难过啊！

"有天早上，他们在一起嘀嘀咕咕谈了将近一个小时。我正在纳闷他们什么事能聊这么久，他们就把我叫进去。妈妈跟我说：'我快要死了，有件事我想跟你说明白，虽说伯爵不建议我这么做，'提到他的时候，她总是称他为伯爵，'我要说的是你亲生父亲的名字，他还活着。'

"为了这事儿我曾经问过她一百多次……一百多次啊……我的生父到底是谁？她总是不肯告诉我……我仿佛记得有一天还打过她耳光，让她吐露实情，可是没有用。为了搪塞我，别再烦她，她跟我说你已经死了，一文不名，是个无足轻重的人。那只是她少不经事，一时荒唐，她说得这么头头是道，我也就信了，以为你真的死了。

"这时，她对我说：'我要说的是你父亲的名字。'那一位正坐在扶手椅里，足足说了三遍：'你这么做不对，你这么做不对，你这么做不对，罗赛特。'母亲从床上坐起来，她那时通红的脸颊，发亮的眼睛，那神情如今还宛若在我眼前，不管我怎么为非作歹，她还是爱我的。只听她对他说：'那就给他安排一个前程吧，菲利普。'跟他说话时，她总是称他为菲利普；叫我的时候，则是叫奥古斯特。他如同疯子一样喊叫道：'为了这个贱货，休想！为了这个废物，惯犯，这个……'他搜肠刮肚地找寻各种话来骂我，就好像他这辈子都没干过别的事儿一样。

"我正要发火，妈妈拦住我，叫我安静下来，对他说：'这么说你就是想让他饿死了，我可是什么都没有。'他不慌不忙地回答说：'罗赛特，我每年都给你三万五千法郎，这三十年来，已经超过一百万了。靠着我，你生活得像一个有钱女人，一个被爱的女人，我敢说，一个幸福的女人。至于这个糟蹋了我们最后这几年的时光的叫花子，我一点都不欠他的。他休想从我这里得到半个子儿！再多争论也没用，你要是愿意，就告诉他另外那个人的名字吧。对此我深表遗憾，可是我跟这事儿没什么干系。'母亲转向我，我跟自己说：'好吧，现在我要去投奔自己真正的父亲了……要是他有钱，我就如获新生了。'妈妈跟我说：'你的父亲是维尔布瓦男爵，现在是维尔布瓦神父，土伦附近的加朗杜村的神父。我离开他来找这一位的时候，他是我的情夫。'

"她告诉了我一切，除了她在怀孕这件事上欺骗了你，你瞧，女人从来都不会讲真话。"

他阴阳怪气地冷笑着，一肚子道德败坏的黏液肆无忌惮地渗了出来。他又喝了几口，脸上仍是眉开眼笑，又说："母亲两天后……

两天后就死了。我们跟在棺木后面去了公墓，他跟我……有意思吧？你说是不是……还有三个仆人……就这些人，他哭得都快断气了……我们并肩走着……谁瞧见都会以为我们是好爸爸好儿子呐。

"后来我们回家了。只有我们两个。我暗自寻思：得想个法子才成，要不一分钱都没有啊。实际上，我也只有五十法郎了。他摸了摸我的肩膀，说：'我有话要跟你说。'我跟着他进了书房。他在书桌前坐下，噙着热泪跟我说，他不会像在母亲面前说的那样狠心，他要我别来打扰你……'这事儿你我知道就行了……'他递给我一千法郎的钞票……一千！一千对我这样的人顶什么用？我见他抽屉里还有很多钞票，一大叠呢。看见那堆钱，我就起了要刺死他的冲动。我伸出手去接钱，却一下扑了过去，把他摔倒在地，使劲掐他的脖子，掐到他直翻白眼；见他快要断气了才松手，又拿东西堵住他的嘴，绑起他来，又脱掉他衣服，翻过身去，然后……哈！哈！哈！我可是给你报了仇了，真是滑稽！"

菲利普—奥古斯特咳嗽着，得意扬扬得透不过气来。他讲述的整段时间，微微翘起的嘴角都流露着残忍而自命不凡的笑容，神父又一次看到了往日那个令他神魂颠倒的女人的笑靥。

"然后呢？"

"然后……哈！哈！哈！那时候壁炉里的火烧得正旺，正好是十二月……天冷得很……她死的那天……母亲死的那天……炭火烧得正旺……我拿起火箸……把它烧得通红……瞧……我在他背上烙了八个印子，还是十个印子，我记不清了，然后我又把他翻过身来，在他肚子上又烙了同样多的印子。有意思吧，爸爸？这是以前他们给划船的奴隶烙印的法子。他痛得就像鱼一样在地上扭……但我把他的嘴堵得严严实实的，他叫不出声来。后来我就拿了那笔钱——有十二张，加上之前给我的那张总共有十三张——这个数字对我可不大吉利。干完这些我就走了，跟仆人说晚饭前不要打搅伯爵，他在睡午觉。

"我满以为他身为参议员，生怕丢人现眼，这种事不会张扬出去，可是我错了，四天后，我在巴黎一个饭店被逮捕了，蹲了三年牢。这就是我没能早点来找您的缘故。"

他继续喝着，咕哝着话也说不清。

"呵呵……爸爸……神父爸爸……有个神父做爸爸真有意思！哈！哈！你可要对小乖乖好一点啊，小乖可不是一般人……干过惊天动地的大事呐！对不对……就像这一桩……对付那老头子……"

面对这个十恶不赦之徒，神父当年被情妇激发起来的那令他发狂的怒火，又涌上来了。

听人忏悔时，他曾以天主之名，宽恕过诸多卑鄙下流的隐秘罪过，而现在他对此人既无同情，也无仁慈，他不再呼求天主的救援与慈悲，他深知他当下遭遇的灭顶之灾无论上天还是人间的庇护都无法保佑他。

　　他原有的火热激情和狂暴血性，一度因为做神父压了下去，现在重新苏醒了，他遏制不住自己对于这个儿子的憎恶，他憎恶这个儿子既与自己相貌相似，又跟孕育他的可耻的母亲一样恶毒，他憎恶那把这个流氓无赖捆绑到他这个父亲脚下的宿命，就像划船的奴隶脚上拴的铁球一样。

　　他从二十五年来虔诚敬神的沉睡与宁静中惊醒，以突如其来的洞见预料到了将来的一切。

　　他忽然想到：要让这个罪犯害怕，他必须一开始就用强有力的气势吓住对方。他不再管他醉得怎么样，紧咬牙关压住怒火说："你既然把什么事都告诉了我，那现在听我说。你明天早上就离开。你得住在我给你指定的地方，没有我的允准不得擅自离开。我可以给你一笔生活费够你生活下去，但不会太多，因为我并没有多少钱。要是你胆敢违背我的命令，只要一次，那就全部拉倒，我绝不会……"

　　虽说喝得一塌糊涂，菲利普—奥古斯特还是听明白了他话里威胁的口气，他内心的那个罪犯马上蹿出头来。他打着酒嗝说："爸爸，我可不吃你这一套……你是个神父……我已经找到了你……你就跟别人一样捏在我手心里，少唧唧歪歪的！"

　　神父吃了一惊，他那尽管年老但是还很强壮的肌肉里有种遏制不住的冲动要抓住这个怪物，把他像筷子一样掰弯，让他晓得自己必须让步。

神父摇撼着桌子挤向对方胸口，喊道："啊，当心，当心，我可不怕任何人……"

那醉汉失去了平衡，在椅子上摇摇欲坠，他感觉到自己在神父力量的控制下要摔倒，便目露凶光，手向桌子上一把刀伸过去。维尔布瓦神父看到他伸手，猛力一推桌子，他的儿子仰面朝天倒下去。灯滚到一边，熄灭了。

接下来的几秒钟，黑暗里只听见玻璃杯互相碰撞的微弱声响；然后是瘫软的身体在石板地面上爬行的窸窣声，再之后是一片寂静。

灯一灭，黑暗陡然间笼罩了他们，如此突如其来，如此出乎意料，如此深不见底的黑暗让他们两个一时都懵了，就像发生了极其可怕的事一样。那醉汉蜷缩在墙根一动不动；神父还待在椅子上，沉浸在黑暗里，黑暗淹没了他的愤怒。黑暗的面纱兜头盖下，熄灭了他的怒火，他心里翻腾的冲动也平息下来。而别的念头，如同这夜色一样阴郁、一样哀伤的念头潜入他心间。

到处一片死寂，仿佛封上的坟墓那般死寂，其中不再有生命，不再有呼吸。外面也听不到什么响动，远处的车声，犬吠声，甚至穿过林叶、拂过墙头的风声都听不到。

如此这般持续了很久，很久很久，也许有一个小时。突然，咣啷！铜锣敲响了！粗重、猛烈、洪亮的一声撞击后，又听见什么东西跌倒、椅子打翻的奇诡的巨大响声。

一直留神这边动静的玛格丽特迅速赶过来；她刚一开门，无法穿透的黑暗就吓得她直往后缩。她哆哆嗦嗦、心脏狂跳着，几乎喘不过气来，压低声音叫道："神父！神父！"

没有回应，没有动静。

"天主啊，"她想，"他们怎么啦，到底出了什么事？"

她不敢走进去，也不敢回去拿灯；只想着要逃离，要活命，要尖叫，怕得快要疯了，可是两腿发软，眼看着就要倒在那儿了。

她一遍遍重复着："神父，神父！是我，玛格丽特……"

虽说她怕极了，可蓦然间一种本能地想要帮助主人的愿望，还有让女性做出英雄事迹的那种勇气，让她一下胆大起来，于是她跑回厨房，拿来了油灯。

她在房间门口停下来。她先是瞧见那流浪汉直挺挺地靠在墙上躺着，正在睡觉或看上去像是在睡觉；接着，她看到打碎的灯；然后，她看到桌子底下维尔布瓦神父的两只穿了黑鞋和黑袜子的脚，十有八九是他往后摔倒时，头撞到了铜锣。

由于极度恐惧，她的心狂跳着，手颤抖着，翻来覆去地问道："天主啊，天主啊，这一切到底是怎么回事啊？"

她迈着小步慢慢向前走，踩到一个黏稠滑腻的东西上滑了一下，差点跌倒。

俯下身子，她注意到在红色石板地面上，有一种红色的黏液正在流动，蔓延到她的脚下，正快速流到门口那儿。她猜这是血。

她发疯一般跑开，不想再看什么，把灯扔下了，匆忙穿过田野，向村子里跌跌撞撞地跑去，不时碰到树上。她的眼睛一直盯着远处的灯光，不断大叫着。

她尖厉的声音飘荡在夜空中，就像猫头鹰那不祥的啼鸣："二流子……二流子……"

当她来到村头时，惊慌的人们跑出来，围住了她；由于一时神志不清，她挣扎着说不出话来。

最后，他们终于弄明白是神父屋子里出了大祸，于是组织起队伍带着武器去支援他。

走进橄榄园里，漆成粉色的小木屋在深不见底的黑暗中压根看不见。自从窗户里射出的灯光像眼睛闭上一样消失，小木屋就沉没在暗影里，在夜色中失踪了，若非当地人，谁也休想找到它。

不久，灯光擦过地皮，穿过树丛，向小木屋而来。它们在干草上投下一条条长长的黄色光柱，在它们游移不定的闪烁下，橄榄树扭曲的树干时不时呈现怪物的样貌，如同纠缠在一起扭动着的地狱里的毒蛇。灯光投向远处时，黑暗里会浮现出白蒙蒙的模糊的东西，很快那低矮的小屋方墙在灯笼照耀下又呈现出粉色。提着灯笼的几个农民，由两个拿着手枪的警官带头，后面还跟着当地的民兵、村长，玛格丽特被几个人扶着，他们都来到了门外。

门大敞着，令人心惊胆战。大家迟疑了一小会儿，警官抓起一个灯笼进去了，其他人跟在后面。

女仆说得没错，血现在已经凝结了，好似地毯一般铺在地上。血一直流到流浪汉那儿，他的腿和一只手都泡在血里。

父亲与儿子都安息了；其中一个，被割断了喉咙，已经永久长眠；另一个，是酩酊大醉后的酣睡。两个警察扑了过去，他还没醒，手腕已经被戴上了镣铐。他不胜诧异地揉着眼睛，由于喝得太多脑子还迷糊着；当他看见神父的尸体的时候，看上去吓坏了，似乎对一切毫不知情。

"他怎么不跑掉呢？"村长问。

"醉得太厉害了呗。"警官答道。

大家一致同意他的看法，谁也没想过维尔布瓦神父可能会是自杀。

徒然之美

一

两匹雄健的黑马，配上一辆华美的马车，正等在公馆前面。此时是六月底的一天，下午五点半左右，宽大的庭院里充溢着灿烂、温暖的阳光和欢快的空气。

德·玛卡莱特伯爵夫人从楼上下来的时候，她的丈夫刚好到家，正站在马车门那儿。他停顿了几秒钟，脸色有点苍白。她相貌出众，身材苗条，象牙色的鹅蛋脸，灰色的大眼睛，乌黑的头发。她风度雍容地径直进了马车，没有正眼瞅他，甚至像是根本没看见他似的。那长久以来折磨着他的嫉妒又开始啃啮他的心了。他走向前去，跟她打招呼："要出去兜风吗？"

她一脸轻蔑，只说了一句："这不是明摆着的吗？"

"去布洛涅公园？"

"有可能吧。"

"我可以陪你去吗？"

"马车是你的，没人拦你。"

对她回敬他的这种语调，他并没有觉得意外。他上了车，在妻子身旁坐下，吩咐说："去布洛涅公园！"

侍从跳到了车夫旁边的副驾座上；马像往常那样踢踢踏踏晃着脑袋拉着车来到大街上。

夫妻两个并肩坐着，相顾无言。他想找个话头打破沉默，可是她绷着脸，他没有开口的勇气。

最后，他迟疑地把手滑到伯爵夫人戴了手套的手上，就像是不小心碰到一样，然而她却毫不顾忌他的脸面、厌恶地抽了回去。虽说他已经习惯于发号施令，但是夫人此举也让他心事重重。

他小声叫道："加百利！"

她的头没有转向他，问："你想要什么？"

"我觉得你今天美极了。"

她没有回应，仍然斜倚在车座上，神色如一个被激怒的女王。

此时他们来到了香榭丽舍大街，正往凯旋门前行。大街尽头的庞大纪念碑，朝着绯红的天空敞开巨型拱门。太阳仿佛是降临在拱门上，往天边播撒着点点红霞。

黄铜马具、马衣上的银饰、水晶饰品还有马灯在斜阳照耀下熠熠生辉，车流分成两道，一道通往布洛涅公园，一道通往市中心。

玛卡莱特伯爵又开口了："我亲爱的加百利……"

她失去了耐心，气冲冲地回答道："请让我清净点。在自己的马车里我就不能安安静静一个人待着吗？"

他假装没听到这句话，又说："你从来没有像今天这么光彩四射。"

她忍不下去了，怒不可遏地说："你要注意到这个，可就大错特错了。我已经发誓我再也不属于你了。"

不难想象，这句话惊得他目瞪口呆，他暴烈的脾气瞬间占了上风，不由自主地冒出一句："这是什么意思？"这句话表明：与其说他是个意乱情迷的男人，不如说他是粗暴无礼的主人。

"哼！什么意思？什么意思？真亏你问得出来！你想让我告诉你？"

"对。"

"告诉你一切？"

"对。"

"把我所有那些成为你残酷自私的牺牲品之后的内心想法都告诉你？"

他又惊又怒，脸涨得通红，咬着牙说："全告诉我吧！"

他身材高大，肩膀宽阔，留着一把红色大胡子，是个英俊的男子，一位世故老道的绅士，大家都说他是完美的丈夫、出色的父亲。

她这才第一次转向他，直盯着他的脸说："哼，我的话很难听，估计你会受不了，但我想让你知道，我什么都不在乎，谁都不怕，尤其是不怕你。"

他也直视着她，气得发抖，嘟囔着："你疯了！"

"我没疯，只不过我再也不想做你的牺牲品，十一年来，你让我接连不断地怀孕生孩子，这是多么可恨的折磨！我也想外出社交，我有这个权利，每个女人都有这样的权利！"

他惊慌失色地结巴着说："我不清楚你的意思。"

"不，你清楚得很。最后一个孩子出生才三个月，我仍然美貌如初，身材也没走形，可你老是想让我身材走形。刚刚在楼下你一见到我，就觉得又到了让我怀孕的时候了。"

"胡说八道！"

"不，我渴望生活，结婚十一年，我已经有七个孩子了。你还想继续这样，至少再过十年，在那以后，你才不再这么嫉妒。"

他抓住她的胳膊，用力捏着："我不允许你再这样对我说话。"

"你让我把话说完，把我所有要说的话都说完才行。要是你想制止我，我就大声喊，让坐在外面的两个仆人也能听见。我让你进来，就是这个目的，我想要有人在场，这样你不得不克制自己听我讲完。听着，我一直都很讨厌你，一直都没掩饰过，因为我从不说谎，先生。

我不是自愿嫁给你的，我的父母有资金困难，而你很有钱，你强迫我父母把我嫁给了你。他们逼着我嫁给你，我都哭了。

"你就这样买了我，当我落到你手里，成了你的伴侣时，当我准备尝试去爱你，忘掉你当初是怎么用威胁和强制手段，让我履行一个忠实的妻子的义务，尽可能地爱你的时候，你就嫉妒起来。从来没人像你这样嫉妒心这么强，就像个密探一样，卑下、鄙陋，与你的身份实在不相称，对我更是一种侮辱。我才嫁给你八个月，你就怀疑我跟你耍花招。你甚至不掩饰一下自己的猜疑，真丢脸！我这么美貌这么吸引人，在各个沙龙和报纸上被人称作巴黎最美的女子之一，你对此无可奈何，就绞尽脑汁地想让男人们不再注意我，于是有了这个可恶的主意，让我把生命都浪费在无休无止地怀孕生子上，直到所有男人都对我避之唯恐不及，你才会消停。啊，别否认！有好长一段时间我都蒙在鼓里，但后来我把你看穿了。你还向你的妹妹炫耀这个，她跟我讲了。她喜欢我，对你乡巴佬似的庸俗很是厌恶。

"哼，回想起我们的争吵，你有多少次撬锁破门而入啊！十一年来我过的是什么日子，你把我像母马一样圈养起来，唯一的任务就是给你下崽！一旦我怀孕，你就厌烦我了，我会有好几个月见不着你。我被送到乡下的城堡里，在田野、草地里，准备给你生孩子。等我生完孩子回来，清新的美貌没有因怀孕生子而损毁，仍然魅力四射，仍然被赞美者包围，我以为终于可以多多少少作为富有的年轻女子出入上流社会了，可你又醋意大发，怀恨在心，就像现在这样又靠近我，想让我满足你下流的欲望。你真正的欲望不是要占有我——要那样的话，我就不会拒绝你了——而是要把我变得丑陋。

"除了这个，还有一件可恶的事，我一开始一直捉摸不透，但后来观察你的言行举止，猜测你的想法，好久之后也弄明白了。你之所以和孩子们那么亲密，是因为我怀着他们的时候，令你有一种安全感。你喜欢他们，恰恰由于你对我的厌恶，由于看到我膨胀的肚子，你那可耻的担忧才暂时平息。

"啊，不知有多少次我留意到你那开心的样子！从你的眼神里，我猜测到了，你爱孩子们是因为他们是你的战果，并非因为他们是你的血脉。他们是你的胜利品，他们战胜了我的青春、美貌、魅力，战胜了人们当面给我的赞美，还有背后窃窃私语的惊叹。你为他们感到骄傲；你带着他们到各种公共场合，坐着马车去布洛涅公园，去蒙莫郎溪骑驴游，去日间剧场，这样你就能和他们一起抛头露面，人们就会到处传颂：多好的爸爸啊！"

他之前就野蛮粗鲁地抓住了她的手腕，现在更是狠狠地捏她，她疼得差点喊出声来，没再说下去。

他小声对她说："我爱自己的孩子，听见没？你刚才向我承认的一切，从一个母亲嘴里说出来，真是丢脸。你是我的，我是主人……

是你的主人……只要我愿意，不管什么时候，不管什么事，我都有权要你去做……法律也站在我这边！"

他用自己肌肉发达的像钳子一般的大手捏她，快要把她的手指捏碎了。她疼得脸色苍白，竭力想从抓紧她的这把老虎钳里挣脱出来，结果却是徒劳；她痛得直喘气，眼泪也涌了上来。

"你清楚地见识到了吧，我才是主人，"他说，"而且力气比你更大。"

等他放松了一些，她问："你相信我的虔诚吗？"

这句话出乎他的意料，他支吾着说："当然了。"

"你觉得我信天主吗？"

"当然。"

"如果我在相当于基督圣体的祭坛前发誓，你觉得我会撒谎吗？"

"不会。"

"你现在愿意跟我去教堂吗？"

"去做什么？"

"到了你自然明白。你愿意去吗？"

"要是你一定要去，那就去吧。"

她提高了嗓门，喊道："菲利普！"

车夫稍微低了低头，眼睛还瞅着马，就像只把耳朵转向女主人似的。

"去圣菲利普教堂！"

已经到达布洛涅公园入口的马车，又折返了。

夫妻俩没有再开口。马车在教堂门前停下后，玛卡莱特伯爵夫人先跳下车，进了教堂。伯爵跟在后面，隔着几步远的距离。

她一步也没停，径直走到祭坛围栏那儿，在一张椅子前面跪下，双手遮住脸，祷告着。她祷告了好一阵子，他站在她身后，可以看到她在哭。她无声地哭着，如同经受了巨大的哀痛时那样，整个身体都在颤抖，她用手指掩饰着、抑制着自己的啜泣。

可是伯爵觉得这样子未免也拖得太久了，就碰了一下她的肩膀。

这一碰，她就像被灼伤了一般猛地站起来，直视着他的眼睛。

"这件事我必须告诉你。我什么都不怕，你知道以后要怎么做，随便，你要觉得合适，杀了我都行。有个孩子不是你的。只有一个。我在天主面前向你发誓，这是我对你唯一的报复方式。为了你那可憎的男性暴政，为了你让我怀孕生子被迫服劳役，我向你报复。谁是我的情夫，你永远不会知道！你尽管猜疑每一个人，你找不出他的。我对他没有爱，跟他也没有愉悦，只是为了欺骗你才会委身于他。哪个孩子是他的？你永远也不会知道。我有七个孩子，你就试试看怎么找出来吧！我本来打算晚些日子再告诉你，只有男人知道这回事，女人才算报了仇。今天是你强迫我招供的。我要说的就是这些。"

说完，她穿过教堂，跑向通往大街的大门。她料定自己挑衅了丈夫，他肯定会暴跳如雷，紧跟在后面，重拳出击，把自己打翻在地。

然而，她没有听到脚步声。她来到马车旁，跳进车里，忐忑不安地喘着粗气，对车夫喊："回家！"

马儿快步小跑起来。

二

伯爵夫人反锁上房门，如同一个死刑犯正等待着上刑场。他会干什么？他回家了吗？这个不惜一切武力的专制的暴君，在计划、准备着什么呢？他又怎么打算的呢？宅邸里寂无声息。她每隔一分钟都要看一次钟表。女仆进来帮她穿好晚上的衣服，又退下了。

八点的钟声敲响了，随即门外传来两记敲门声。

"进来。"

管家出现在门口，说："晚餐准备好了，伯爵夫人。"

"伯爵回家了吗？"

"是的，伯爵夫人。伯爵先生在餐厅。"

她犹豫着要不要带上几天前买的小手枪防身，这是当时为了在心里排演的悲剧场面而准备的。但又想到孩子们都在场，便没有带别的，只带了嗅盐①瓶。走进餐厅时，丈夫正站在他的椅子旁等着她。他们只是简单地互相点头示意，就落座了。孩子们也都跟着坐下。三个男孩和他们的老师马林教士坐在她右边；三个女孩与她们的英国家庭女教师史密斯小姐，坐在她左边。最小的孩子只有三个月大，跟保姆留在楼上卧室里。

三个女孩都是金发，最大的有十岁，穿着白色蕾丝花边的蓝裙子，看上去就像个精致的玩偶。最小的女儿还不到三岁。她们都已经看得出天生丽质，将来都会长成像她们母亲那样的美人。

三个男孩，有两个是浅棕色头发。最大的那个九岁，头发已经变成黑的了，就像在表示他们会成为身材高大、肩膀宽阔的精力旺盛的人。家里所有的孩子看上去都同样强壮，有着旺盛的活力。

照着平常没有客人来时的习惯，教士领着大家说了饭前祷告。有客人来时，孩子们是不上餐桌的。念完祷告，大家开始用餐。

伯爵夫人此时内心的激荡，是她自己始料未及的，她惴惴地低着头。伯爵呢，一会儿打量三个儿子，一会儿又端详三个女儿，眼神游移不定地从这张脸转向另一张，心烦意乱，躁动不安。突然间，他推开高脚杯时，一不留神打翻了，酒洒在桌布上。这意外事件发出的轻微声响，让夫人惊得站了起来。这时，他们第一次对视了一眼。

---

① 嗅盐，给人闻后有恢复或刺激作用，用来减轻昏迷或头痛。其有效成分是一水合碳酸铵。在十九世纪上流社会比较流行。

之后，他们时不时都会不由自主地瞥一瞥对方，每次如同打枪一般转瞬即逝的眼神对撞都会让彼此异常紧张。

教士感觉到餐桌上的拘束气氛，他无从猜测其原因，试图聊几句。他提了几个话头，但每次都是徒劳，没有什么回应。

伯爵夫人出于女性的本能，想回答几句得体的话，但脑子里乱作一团，找不出什么话来说。偌大的餐厅里鸦雀无声，只听见银质餐具和瓷器的磕碰发出的轻微的叮叮响动，她的声音也会把自己吓一跳。

她丈夫忽然身体前倾，对她说："在这里，在孩子们面前，你能发誓你之前说的话都是真的吗？"

她浑身酝酿着的憎恨猛地窜上来。她举起双手，右手指向男孩，左手指向女孩，就如回应他的凝视一样，用坚定、断然、毫不动摇的声音说："我用孩子们的头发誓，我跟你说的是真话。"

他站起来，狂怒地把餐巾扔到桌子上，接着转过身，把椅子推到墙边，没有再说一句话，大步出去了。

她长出一口气，就如获得了第一次胜利，用平静的腔调说："宝贝们，不用担心，爸爸今天碰上了一件很烦恼的事，现在还是很困扰，过几天就好了。"

然后她又是跟教士聊天，又是跟史密斯小姐攀谈，对每一个孩子都温柔有加、体贴备至，母亲的这种宠爱让孩子们心花怒放。

晚餐后，她跟孩子们去了起居室，她让大点的孩子开怀畅谈，给小一点的孩子讲故事，等睡觉时间一到，她又吻了他们好久，这才一个人回到自己的卧室。

她等待着，毫不怀疑他一定会过来。那时，孩子们离得很远，她决定要像保卫自己的社交自由一样来保卫自己的生命。她在裙兜里藏了一把上了膛的手枪，这是她几天前买的。

然而，直到第一缕曙光从窗帘底下的流苏之间溜进，他都没有来。惊讶之余，她意识到他再也不会来了。以防万一，她把门上了锁，又闩上，然后才上床，躺在那儿大睁着眼睛，沉思着，无法理解，也难以猜测他打算干什么。

女仆给她端来了茶点，同时递给她一张便条，是丈夫留给她的。上面说，他要出一趟远门。附言中又说：律师会为她提供日常开销所需要的花费。

三

歌剧院里，正是《恶魔罗伯特》的中场休息时间。靠近乐团的前排座位上的观众站了起来，戴着礼帽，外套领子裁剪得很低，露出里面雪白的衬衣，上面缀着的金钮扣和钻饰熠熠生辉。他们正巡视着包厢里的女士们，她们穿着低胸礼服，个个珠光宝气，在乐音和人声嘈杂中，她们白皙的肩膀和美丽的面容，犹如灯火辉煌的暖房里的花朵，为了人们的关注而绽放。

两个朋友，背对着乐团，正在闲聊。他们巡视着大剧院周围包厢里展示的或真或假的魅力、珠宝、奢华，以及装腔作势、附庸风雅。

其中一个，罗杰·德·萨兰，对同伴伯纳德·葛兰汀说："瞧瞧玛卡莱特伯爵夫人，她还是那么美！"

另外那位用小望远镜打量着对面包厢的高个儿女士。她看上去仍然很年轻，她光彩熠熠的美吸引了剧院里每个角落的目光。象牙一般白皙的脸，宛若一尊雕像；一顶彩虹形状的钻石头饰，在她夜空一样的头发上如群星璀璨。

观察了她好一阵子，伯纳德·葛兰汀用玩笑似的深信不疑的口吻说："我宣布，她美极了！"

"她现在有多大了？"

"稍等，我要给你说一个确切数字。我和她自幼就认识，曾经见识过她在社交场合的第一次亮相。她今年是……应该是……三十……三十六岁。"

"不可能。"

"对此我确认无误。"

"她看起来也就二十五岁。"

"她有七个孩子了。"

"难以置信。"

"此外，她还是个很好的母亲，七个孩子都养得好好的。我偶尔会去她府上造访，家里的气氛愉悦、平静，大家都说那是个模范家庭。"

"太奇怪了！就没有人说过她什么闲话吗？"

"从来没有过。"

"不过，她丈夫呢？那是个怪人吧？"

"说是也行，说不是也行。夫妻间可能有过小小的风波，谁都会或多或少猜到的小小的风波，你永远无法确认，不过也能猜个八九不离十。"

"到底怎么回事？"

"对此我一无所知。玛卡莱特伯爵先前曾是个模范丈夫，后来却过上了花天酒地的生活。他做好丈夫的时候，脾气很坏，动不动就生气，自从他开始寻欢作乐以后，就啥都不在乎了；不过能猜到他有摆脱不掉的烦心事，像是有条虫子在啃噬他一样，人老得很快。"

对于不可知的秘密烦恼，两个朋友谈了那么几分钟，那可能是来自家庭成员间的性格不合，或是最初没注意到但后来冒出苗头的肉体上的厌恶。

罗杰仍然将望远镜对准玛卡莱特伯爵夫人，又说："真不明白那个女人怎么会有七个孩子的。"

"对啊，十一年里生了七个孩子。后来，在三十岁以后，她就再也没有生过孩子，开始了多姿多彩的社交生活，眼下看来，这样的生活还远远不到结束的日子呢。"

"女人真可怜啊！"

"为什么说她们可怜呢？"

"为什么？唉，我的朋友，你想想看吧。像这般绝代佳人居然为了怀孕生子前前后后浪费了长达十一年的光阴！真是地狱里的日子！那意味着她整个青年时期，她的美貌，她成功的希望，对于幸福生活的诗意的理想，全都为了那可恨的繁殖法则牺牲了，一个正常的女人变成了生育机器。"

"你还想怎么着？自然本性就是这样啊。"

"对，但要我说的话，自然本性是我们的敌人。我们不得不一直和自然本性搏斗，因为它总是让我们倒退到兽性上去。世界上所有那些干净、美丽、优雅、理想的事物，并不是天主创造的，而是人脑创造的，是思维的结果。是我们从自然中创造了这一点点美，优雅，神秘，不可知的魅力，诗人歌唱、传达、赞美它们，艺术家将其理想化，科学家们则试图解释自然，他们有时会犯错，有时则能巧妙地找到缘由。神的创造粗糙原始，到处都是病菌，人只能像野兽似的享受短短几年年轻的时光，很快就变得衰老、丑陋、无能。神创造他们就好像只是为了让他们以恶心的方式繁殖下一代，之后便死去，如同朝生暮死的蜉蝣一般。我刚才说，'以恶心的方式繁殖下一代'，的的确确就是这样。事实上，还有什么比滑稽可笑的生殖行为更不体面、更令人厌恶的呢？敏感的心灵哪一个对此不是深恶痛绝，而且将永远如此？造物主创造的每一个器官都有两种用途，他为何不选择用别的器官来繁殖，从而让这一行为看上去神圣而高贵呢？嘴巴摄取食物、滋养身体，同时会说话、表达思想，肉体得以自我更新，观念也借此传递开来。鼻子将生命的空气带入肺部，同时也向大脑传输了各种气味，花朵的芬芳，森林、海洋的气息。耳朵让我们能与同伴交流，也让我们发明了音乐，从而产生了梦想、幸福、无限，甚至于肉体上的欢愉！

"相应地，我们可以说造物主简直是故意不想让人把男女之事高雅化、理想化，好在人类发现了爱情，对于狡猾的造物主，这算是个不错的回击。他们用诗歌装点爱情，把爱情打扮得美轮美奂，女人们为此常常忘记她们被迫遭受的肉体接触是怎么回事。我们当中没法自欺的人则发明了颓废堕落，这也可以说是对造物主的嘲讽，对美的致敬，一种无耻的致敬。

"然而，一般人却像禽兽一样按照自然法则交配、繁殖。

"瞧一瞧那个女人吧！一想到这样的一颗钻石，一颗珍珠，天生丽质，本来应该受到赞美、称颂、欣赏，却将一生中最宝贵的十一年时光都浪费在给玛卡莱特伯爵生育子女上，不觉得让人恶心吗？”

伯纳德·葛兰汀笑了一下说：“你说的话不无道理，但理解你的人不会很多。”

萨兰越来越激愤：“你知道神在我心目中是一个什么形象吗？是一个巨大的、不为人所知的创造器官，在太空中撒下亿万个世界的种子，就像鱼在海里产卵一样。神会创造是由于他的功能就是如此，他并没有意识到自己在做什么，他产出众多而一无所知，对于自己播撒的种子萌芽成什么样，组合成什么样，他漠不关心。人类的意识是一个幸运的偶然事件，是由于神的产出众多而造成暂时的、地方性的、没有预料到的偶然事件，将来会随着地球一同灭亡，也许在这里或别处又复兴起来，跟以前相同或有所差异，随着永恒的变动，又有了新的开端、新的组合。由于这小小的事件：意识的出现，我们在这个世界上才会如此不适。这个世界不是为了我们创造的，也没打算欢迎我们，供我们吃穿住行，让我们思考。也正是由于这小小的事件，在我们成为真正文明、高雅的人类以后，我们还需要跟所谓天意的安排永无休止地做斗争。”

葛兰汀早已熟知萨兰时常会爆发令人惊叹的想法，他侧耳倾听着，问：“这么说，你认为人类的意识是神盲目的、自发的产物喽？”

“对，当然！意识就是我们头脑的神经元偶然产生的功能，类似于一种未曾预见到的新的化学反应，也可以说类似于摩擦起电或意想不到的物质互相接近而产生的电流；还可以说类似于无限丰富的生命物质酝酿出的一种现象。

"我的朋友，对于任何睁开眼看世界的人来说，这都是明摆着的事。如果有一个无所不知的造物主特意将人类的意识创造成现在这个样子，喜欢挑剔，总在探求，容易激动，备受折磨——与动物那种机械的、听天由命的状态如此迥然不同，那么，这个用来接收我们这样生物的世界，还会是现在这样子吗？

"这样一个不舒服的小动物园，这片菜地，这片到处是树木、岩石的球形的菜地，天意注定我们在这里生活，穴居岩处，屠杀我们的动物兄弟，吃它们的肉，或者靠着在阳光雨露下自然生长的蔬菜来滋养自己，这样的世界难道是特意为我们创造的吗？

"稍微思考一下，就会明白这个世界不是为了像我们这样的生物创造的。只是由于大脑和神经细胞的一个奇迹，意识才生成、发展起来。我们的意识很多时候无能、无知、混乱，而且将永远都会是这样，令我们这些智能生物成了地球上悲惨的永恒的流亡者。

"看看地球，看看神为自己的造物提供的这个住所吧。显而易见，大地上覆盖的森林，不是仅仅为动物生长起来的吗？有什么东西是专门给我们提供的？没有。所有的一切，都是给他们的：洞穴、树木、花草、喷泉，吃的，喝的。像我这种吹毛求疵的人永远都不会在这里感觉到安适。只有那些更接近野兽的人才会心满意足。然而其他人，诗人啦，那些敏感脆弱的人啦，那些探索者啦，永远感到不安的人啦，都生活得多么凄惨！

"我吃白菜、洋葱、蔓菁，该死，还有什么红萝卜、白萝卜、胡萝卜，仅仅是因为我被迫习惯它们，甚至享受它们，地上也没长别的可吃的东西啊。可它们原本是兔子和山羊的食物，就像青草、苜蓿是牛和马的一样。当我望见麦子成熟的时候，我毫不怀疑，它们从地里生长出来本来是给麻雀和云雀的小嘴来吃的，不是给我吃的。因此，当我咀嚼面包时，我是在剥夺鸟类的食物，就像我吃鸡肉是在剥夺黄鼠狼和狐狸的食物一样。鹌鹑、鸽子、鸥鸹，本来不应该是鹰的食物吗？羊、鹿、牛，本来不是狮子老虎的食物吗？现在却做成烤肉给我们吃，还要加上猪特别从地下拱出来的松露当佐料。

"不过，我的朋友，动物生活在这个世界上不需要做任何事，他们在这个世界上就像在自己家里一样自在，有吃有喝，有睡觉的地方；他们只需按照各自的本能吃草，或者吃别的动物，神从来没有设想过温柔和平的生存方式；他创造的本来就是万物不顾一切地相互毁灭、相互吞噬的世界。

"至于我们，哈哈！我们需要劳作、努力、耐心、创造、发明、想象、勤奋、能力、天才，方可让遍布树根和石块的土地多多少少变得宜居。可是想想我们都干了些什么事吧，我们无视自然，对抗自然，以一种平庸的方式安定下来，不怎么干净，不怎么舒服，不怎么优雅，实在和我们不相称。

"我们越是文明，越是有智慧，有教养，我们就越是想要克服、驯化那代表了神意的动物本能。

"想想看吧，我们创造的整个文明，包含了如此众多、各式各样的东西，从袜子到电话，我们每天用到、见到的一切，我们发明制造的所有事物，以房屋为首，还有美食、酱料、糖果、糕点、酒、布料、衣服、珠宝、床、褥垫、马车、铁路，各种各样的工具，此外还有我们灵光一现发明的科学、艺术、文字，诗歌、音乐、绘画，都是为了软化我们身上的兽性。所有理想主义的东西，正如一切生活的便利奢侈品，比如女人的时装啦，男人的才艺啊，都来自我们，造物主只是给了我们呼吸，让我们仅仅做繁殖者，是这些东西把我们的生活装点得不再那么光秃秃的、单调、艰难。

"看看眼前这个剧院吧，它包含了我们创造的人类世界，这个世界并非永恒的命运可以预知，可以理解的，只有我们才能心领神会它是一个时髦、愉悦、智能的娱乐场所，是仅仅为我们这种不知餍足、不得安宁的小动物建造的，不是吗？

"再看看那个女人，玛卡莱特伯爵夫人，如果她像神创造的那样生活在洞穴中，赤身裸体或是披着兽皮，难道会比现在这样更好吗？可是说到这个话题，谁能想到那个畜生一样的丈夫，有这样一位娇妻，不仅让她做了七个孩子的母亲（这就够无聊的了），还突然撒下她，跟娼妓一起鬼混？"

葛兰汀回答道："啊，朋友，可能唯一的原因就是：他最后终于发现老是在家睡觉对自己来说开支太大了，他通过家庭经济学得出的结论，与你通过哲学得到的结论可以说是殊途同归了。"

三声吹奏，最后一幕开始了。两个朋友转过身，脱下帽子，坐了下来。

四

演出结束了，伯爵夫妇并肩坐在马车里，沉默了好一阵子。忽然，丈夫叫道："加百利！"

"你想要什么？"

"你不觉得这件事持续得太久了吗？"

"什么事？"

"这六年来你给我的可怕的折磨。"

"为什么这么说？我在这件事上是无可奈何的。"

"不管怎样，告诉我是哪一个吧。"

"我永远不会告诉你。"

"可是你想想看，每次我见到孩子们，抚摸他们，我总是满腹狐疑，备受困扰。告诉我是哪一个，我发誓，我会宽宏大量的，对那个孩子我会跟别的孩子一视同仁。"

"我没有这个权利。"

"这么说，你没看到我对这种生活早已无法忍受了吗？那个想法一直在吞噬我，我没完没了地问自己那个问题，每次一见到他们，那个问题总在折磨我。我都快被逼疯了。"

"这么说你确实很难受了？"

"太难受了。跟你生活在同一屋檐下本来就够可怕的了，感知到他们当中有一个不是我的孩子，以至于影响到我对其他孩子的爱，这就更可怕了。我就该经受这样的痛苦吗？"

她又问了一遍："你真的很难受？"

他尽量克制着自己，语调里充满着哀伤。

"我不是每天都在跟你重复说，那对我来说是不可忍受的折磨吗？要不然，我怎么会回家呢？要不是我爱他们，我怎么会待在家里，跟你，跟他们生活在一起？唉，你对我太残酷了。我是全心全意爱着我的孩子们，这一点你很清楚。在他们眼里，我是个老派的父亲，就像在你眼里我是个老派的丈夫一样，那种把家庭看得很重的老派人物；我仍然是一个遵照本能的自然的男人，是过去时代的男人。我承认，你让我很嫉妒。你呢，是另一种类型的女人，有着不一样的灵魂，不一样的需要。啊，我永远忘不了你跟我说的话！还有，从那天起，我就不再为你的事自寻烦恼了。我没有杀你，是因为那样一来，我就再也不可能知道哪一个孩子不是我亲生的了。我等待着，我所遭受的痛苦比你想象的还要厉害。我再也不敢爱他们了，也许两个最大的例外；我再也不敢看他们，招呼他们，亲吻他们；我再也不能抱起他们中的一个放到膝盖上爱抚，因为我每次都要猜疑：是这一个吗？这六年来，我对你从没做过出格的事，甚至可以说是温柔体贴的。告诉我真相吧。我向你发誓，我绝不会做任何伤害谁的事。"

在马车的黑暗里，他能感到她被触动了，终于愿意开口了，他又说："求求你了，我求求你告诉我。"

她喃喃地说："也许，我的罪过比你想象的还要重。但我不能，再也不能继续过那种老是怀孕的日子。我只有这一招才能把你从我的床上赶下去。我在天主面前说谎了，把手举在孩子们头上说谎了，因为我从未不忠于你。"

他在黑暗中抓住她的手，就像去布洛涅公园那一次狠狠地捏着她，结结巴巴地说："真……真的？"

"真的。"

他痛苦地呻吟着："啊，我又要陷入新的猜疑了，没完没了！到底哪一次才是说谎呢，是那一次还是这一次？我现在还怎么相信你？一个男人在这之后还怎么相信女人呢？我简直不知道该怎么想了，我宁愿你对我说，'是雅克'，或者，'是让'。"

马车进了公馆的大院子，在楼门前停下。伯爵先下了车，如往常那样，伸出胳膊给妻子，好扶她下车。

他们一到二楼，他就说："我能再跟你说几句话吗？"

她回答道："我很乐意。"

他们进了一个小客厅，仆人有点惊讶地为他们点上了蜡烛。

仆人一走，他说："我怎么才能知道真相呢？我向你求了一千次，但你从来都没有开口，难以理喻，不折不挠，从不动摇。可今天，你告诉我那是谎言。你竟然让我六年来一直都对此深信不疑！不，你今天说的才是谎言，我不知道你为什么这么说——也许是可怜我吧。"

她发自肺腑地说："可是，我要不这样做，这六年里我就会再生四个孩子。"

"一个母亲怎么可能这样说话呢？"

"唉，我无论如何都不会认为自己是还未出生的孩子的母亲。给现在这些孩子做母亲，我已经心满意足了，我全心全意地爱着他们。先生，我是——我们是文明社会的女人，我们不再是，也拒绝成为单纯的繁殖工具。"

她站了起来，但他抓住了她的手。

"再说一句，就一句，加百利！告诉我真相！"

"我已经说过了，我从未不忠于你。"

他盯着她的脸。她美貌非凡，灰色的眸子就像清冷的天空。她的头发黑得就像没有月亮的夜空，她点缀着钻石的头饰如繁星闪烁。他忽然本能地感觉到，这个美丽的尤物不再是那个注定要为他繁殖后代的女人，而是一种奇特、神秘的新物种，是我们若干世纪以来积累的复杂欲望的产物，偏离了原始的繁殖目的，去追求一种不可思议、难以把握、不可捉摸的美。她们是只为了梦想就可以如花朵般绽放的女人，用文明社会的各种诗意特征来装点自己，用各种各样的奢华，千姿百态的妩媚，优雅的风度来装点自己，而她们，这肉体的雕像，也唤醒了我们精神上的渴求，就像炽热的肉欲一样。

丈夫站在她的面前，为那姗姗来迟、鲜为人知的发现而惊奇，大略想通了自己之前为何那么嫉妒，但又没有完全弄懂，一时间如堕五里雾中。

最后，他说："我相信你。此时此刻，我感觉你并没有说谎。而以前那次，我总以为你是说谎。"

她向他伸出手："这么说来，我们是朋友咯？"

他接过那只手，吻了一下，回答道："对，我们是朋友，谢谢你，加百利。"

他出了房间，仍然打量着她，为她依然美丽如初而惊讶，心头涌起一种奇特的情感，这种情感也许比他之前那浅薄的爱更为可怕！

假珠宝

　　郎丹先生在自己部门的副科长家的宴会上遇见了这位年轻姑娘，对她一见钟情，从此堕入爱河。

　　她是个外省税务官的女儿，父亲已去世多年，跟随母亲来到巴黎。母亲巴望着给她寻一门亲事，故而常跟附近的体面人家来往。

　　她们家境拮据，可是正派、温和、娴静。

　　这姑娘是贞洁女子的完美典范，每个明智的年轻人都梦想着把终生的幸福托付到她这样的女子身上。她朴素动人的美有着天使般矜持的魅力，唇边总是挂着若有若无的微笑，仿佛是她那纯洁可敬的灵魂的自然流露。所到之处，人们无不对她交口称赞，不厌其烦地再三重复说："谁娶了她可就有福了！再也找不到比她更好的妻子了。"

　　郎丹先生那时在内政部做主任科员，年薪不过区区三千五百法郎，倒也能勉强过舒服日子。他向这位模范姑娘求婚，对方接受了。

　　跟她在一起的日子真是快活得难以言表。她操持着家计，精打细算，就仿佛过着奢华的日子一般。对丈夫，她是无微不至地体贴、关怀、温存；婚后六年，郎丹先生仍然为她的魅力倾倒，甚至觉得比最初的蜜月时光还要爱她。

唯有两件事让他觉得有些遗憾：她爱看戏，还嗜好假珠宝。她的朋友（都是些小官吏的太太们）时常替她在剧院订好包厢，请她看那些风靡一时的戏剧，甚至还有新戏的首场演出；丈夫不管愿不愿意，都得陪她去。在部里干了一天的活，这种消遣令他感到的只有厌倦。

过了一阵子，郎丹先生请求妻子还是让那些太太朋友们陪她去看戏，看完戏后再陪她回家。最初她对这种安排一千个不情愿，可是在他不断地劝说下，妻子总算让步了，这下郎丹先生真是说不出的轻松。

除了爱看戏，她最喜欢的就是珠宝首饰了。她穿的衣服还是跟以前一样简约，高雅而朴素，这也给她谦逊的美增添了一丝风韵；然而她却用莱茵石（一种人造仿钻石）装点耳朵，把假珍珠项链挂在脖子上，手腕上戴着假金镯子，头上插着镶嵌了玻璃钻石的梳子，就如真的钻石那样璀璨夺目。

她的丈夫屡屡向她表达自己的不满，说："亲爱的，既然咱们买不起真的珠宝，就该用自身的美和品行来装点自己，对于女人来说，这是最好的饰品了。"

可是她却温柔一笑："我是无可奈何啊。我太喜欢它们了。这是我唯一的弱点了，你说得没错，可是我们都本性难移啊。"

她把珍珠项链缠在指头上摆弄着，让钻石的切面闪耀着璀璨的光，说："你瞧瞧，它们多美啊！简直让人觉得是真的呢！"

郎丹先生笑着答道："宝贝，你的品位怎么跟波西米亚人一样。"

有时，当他们晚间在炉火边闲聊时，她会拿出装着那些他称之为"劣质品"的摩洛哥皮匣子，搁在茶几上。她如痴似醉地把玩着这些假珠宝，好像它们给她带来了深藏的、隐秘的欢乐一般。而她也时常会把一串项链套到丈夫脖子上，开怀大笑，喊道："你看上去多滑稽啊！"接着便扑到他怀里，满怀深情地吻他。

冬天的一个夜里，她从歌剧院回来，浑身冻得哆嗦。次日一早就不住地咳嗽，八天后死于肺炎。

郎丹先生悲伤绝望得差点追随妻子而去，一个月后他的头发就白了。一想起她的音容笑貌，那举手投足之间的种种魔力，他就心碎得痛哭流涕。

时间也没能抚平他的哀恸。办公室的同事们讨论当天的新闻时，不经意间就会看到他突然扭曲着脸、满眼含泪、啜泣不已。他让妻子房间里的一切都保持着原样；所有的家具乃至她的衣物都还像她临死那天一样放在原处。他习惯把自己关在她的房间，想着她，她是他的宝贝，是他生活的乐趣。

然而生活很快就捉襟见肘起来。在他妻子的手上，他的薪水原本能够应付所有的家庭花销，可现在却满足不了他一个人的切身需要；他真纳闷她是如何经营家计，买到那样的上等好酒，还有那些珍馐美味的。这些他现在用自己微薄的收入根本支付不起。

他欠了一些债，很快就沦落到穷困潦倒的地步。一天早上，离发薪日还有一星期，他却发现兜里一个子儿都没有了，他打算卖掉点什么东西，于是马上想到妻子那些假珠宝。对这些"骗人的玩意"他一直怀恨在心，看到它们就心里冒火，对于亡人的美好回忆也因它们受到了损伤似的。

直到她生命最后的那几天她都在买珠宝，几乎每晚都会带回一些新的钻石。他翻来覆去挑了一阵子，最后决定卖掉那条沉甸甸的项链，她似乎特别偏爱这条项链，虽说是假的，但做工蛮考究，总该值那么六七法郎吧。

他把这串假珠宝揣到兜里，沿着一条条大街寻找一家可靠的珠宝店。最后，他找到一家，为了将要暴露自己可怜的窘相，卖这么一件不值钱的玩意儿而羞愧难当。

"先生，"他对珠宝商说，"我想问问这件东西能值多少钱。"

商人拿起项链，掂了掂分量，拿起个放大镜，左瞧瞧右瞅瞅，又叫过来一个店员，跟他窃窃私语了一番，又把它放在柜台上，远远地打量着。

郎丹先生被这套虚张声势弄得浑身不自在，几乎要脱口而出："哎！我明白，它一文不值。"

这时珠宝商却发话了："先生，这条项链我估价一万两千法郎，不过您要向我说清楚从哪里拿到的，我才可以买下它。"

鳏夫惊得目瞪口呆，一下没明白商人的意思，过了会儿才结巴着说："您是说——您没弄错吧？"

对方误解了他如此惊讶的原因，不咸不淡地说："您不妨到别处再问问，看看他们愿不愿意出更高的价，我认为它最多值一万五。要是你找不到出价更高的买主，可以再回来我这里。"

郎丹先生惊得神志恍惚，拿起项链离开了珠宝店。他需要点儿时间冷静一下。

来到外面，他觉得好笑起来，对自己说："真是傻子！啊，傻子！我差点把他的话当了真！居然还有这种分不清真假的珠宝商！"

过了几分钟，他进了和平街的另一家珠宝店，店主一看到项链，马上喊道："哦，我认识这件珠宝！它就是从我这儿买的！"

郎丹先生大为震动，问："值多少钱？"

"呃，我卖出去的价格是两万五千法郎，我愿意花一万八千法郎收购它，不过你得按法律规定证明你是它的合法持有者。"

这次郎丹先生惊得两腿发软，只得坐下来，答道："可是……可是……您再仔细看一下……我一直都以为它是假的。"

珠宝商问："请问您尊姓大名？"

"郎丹……我在内务部任职，住在烈士大街 16 号。"

商人查了一下自己的账簿，找到了记录，念道："这条项链是在1876年7月20日送到郎丹夫人的住址，烈士大街16号。"

两个人你看我、我看你——鳏夫惊诧得哑口无言；珠宝商则猜疑对方是个窃贼。

后者打破了沉默。

"先生，您能把它存在我这儿24个小时吗？"他说，"我会给您一张收据。"

"当然可以。"郎丹先生匆忙答道。他把收据揣在兜里，出了珠宝店。

他茫然失措地走在大街上，走着走着发现路不对，又转身往回走，来到了杜伊勒宫，过了塞纳河，结果一看，又错了，只好又走回香榭丽舍大街，脑子里一团糟。他想理出个头绪来，弄明白这到底怎么回事。显然，他的妻子买不起这么昂贵的首饰，绝对不可能。

那么说，这是一件礼物咯？——礼物！——谁送她的礼物呢？又为何要送她礼物呢？

他在大街中央停下脚步，呆呆地伫立着。可怕的怀疑闪过他的脑海——难道她？那么，别的珠宝肯定也都是礼物咯？他只感到天旋地转，眼前的大树也倒下了；他举起手，跌在地上，失去了知觉。后来，他在一个药店醒过来，是过往的行人把他抬到了那里。他请求别人将他送回家，一到家，他就把自己关起来，拼命痛哭，直到夜幕降临。最后，他精疲力竭，再也支撑不住，爬到床上沉沉睡去了。

次日，早晨的阳光唤醒了他，他慢慢地穿好衣服去部里上班。受了这样的打击，再要工作时未免力不从心，他只得向上司递交请假申请。然后他想起自己还得去珠宝商那儿一趟，不免浑身别扭，但翻来覆去思量了一番，总不能就这么把项链留在那里，于是穿好衣服出去了。

天气好得不得了，清澈、湛蓝的天空绽放着笑脸俯临这繁茂的都市。许多闲散人士正手插在兜里四处闲逛。

郎丹先生打量着他们，心里说："有钱人真自在啊！有了钱，哪怕最烦恼、最痛苦的事都能忘记。想去哪儿就去哪儿，旅途中寻欢作乐，这是最能治愈悲伤的良药了。我要是能有钱就好了！"

他觉得肚子好饿，从昨天到现在自己还没吃东西，可是兜里空空如也。他又想起了那串项链。一万八千法郎！一万八啊！何等的一笔数目啊！

他快步走到了和平街珠宝店的对面，在路边来回徘徊。足足有二十次，他想冲进去，可是羞耻让他畏缩。然而他正饿着肚子——饿得受不了——兜里没一个子儿。不能再等了，他狠下一条心，跑过街道，为了不再犹豫，他冲进店去。

店主即刻起身迎接他，彬彬有礼地请他落座。店员瞥了他好几回。

"我已经打听过了，郎丹先生，"珠宝商说，"要是您仍然决定卖掉这件珠宝，我愿意按我说的价格买下来。"

"当然。"郎丹先生结巴着说。

店主从抽屉里拿出一大叠钞票，点了十八张递给郎丹先生。他签好了收据，用哆哆嗦嗦的手把钞票装入口袋。

他要离开店铺时，又转过身，店主脸上还带着心照不宣的微笑。他低下头，说："我还有……我还有别的珠宝，从同一个人那里继承来的，您也愿意回购吗？"

商人鞠了一躬，"那是当然，先生。"

有个店员跑了出去，好痛快地笑一笑。另一个店员则在用力地擤鼻涕。

郎丹先生脸憋得通红，表情凝重地说："我会把它们带过来的。"

他叫了一辆马车，回去取珠宝了。

一个小时后他带着珠宝回来，这时候他还没有用早餐。

他们开始一件一件地检查这些珠宝，为每一件估价，几乎都是从这家珠宝店买的。郎丹现在也满不在乎地厚着脸皮讨价还价了，还发脾气，要求看账簿。随着钱越来越多，他的嗓门也越来越大。

大粒钻石耳环价值两万法郎，手镯三万五千法郎，胸针、戒指和链坠一万六千法郎，祖母绿和蓝宝石镶嵌的一套饰品一万四千法郎，一条金项链下面缀着单粒钻石，四万法郎。总额足足十九万六千法郎。

商人调侃似的说道："看来原主人把积蓄全都存到珠宝上了。"

郎丹先生不动声色地答道："这也不过是一种存钱的方式，没什么特别的。"他和商人约好了第二天再请行家复查一遍，这才走了出来。

来到街上，他觉得身子轻飘飘的，看见旺多姆圆柱，心痒难熬地想要爬上去露一手，跟柱顶的拿破仑皇帝雕像玩玩跳山羊游戏。

这天他在瓦赞饭店吃了午饭，开了一瓶二十法郎的红酒。他又雇了一辆马车去布洛涅公园游玩。扫视着过往的车马，他满怀轻蔑，恨不得跟他们喊一嗓子："我也有钱！我身价二十万！"

忽然，他想起了自己的工作，便乘车回到部里。他欢天喜地、大摇大摆地进了科长的办公室，说："我是来向您递交辞呈的。我刚刚继承了三十万法郎。"

他跟前同事们握别，将自己对于未来生活的打算也向他们透露了一二；然后他去英国咖啡馆吃饭。

旁边坐着一位贵族气派的绅士。用餐期间，他又忍不住要炫耀一下，说自己刚刚继承了四十万法郎的遗产。

他平生第一次在剧院不再感到厌倦，之后还跟一些姑娘们花天酒地了一夜。

六个月后，他再婚了。第二任妻子虽说很规矩，但性情暴躁，给他带来了很多烦恼。

衣柜

晚饭后，我们一伙男人，因为没有别的话题，就又谈论起了妓女的事。

其中一个说："关于这个话题，我切身经历过一件不寻常的事。"于是，他讲了下面的故事。

去年冬天的一个夜晚，那种不时袭来的倦怠之感又蓦地笼罩在我心头，让我难以忍受。我独自待在公寓里，深知如果淹没在这种糟糕的感觉里，早晚要陷入无法自拔的忧郁症中。那种忧郁症若是频繁发作，会把人逼到自杀的地步。

我穿上大衣，来到大街上，拿不定主意去哪儿。一直走到林荫大道，我沿着那些几乎空无一人的咖啡馆漫步，雨下起来了。不是瀑布一般倾泻的大雨，那种把喘不过气的行人赶到门厅的大雨，而是落在衣服上几乎察觉不出的毛毛细雨，那种最后湿透了衣服也让心情糟透了的毛毛细雨。

该怎么办呢？我朝着一个方向走了一阵，又折返回来，想找个地方消磨两个小时，结果头一次发现偌大的巴黎居然在夜晚找不到能散散心的去处。最后我决定去牧羊女游乐园——那些风尘女子的聚集地。

大厅里没什么人，在长长的马掌形曲廊里，只有不伦不类的人，他们的举止、衣着、发式、胡须、帽子、脸色，无一不透露着庸俗，极少能找到一个让人感觉洗漱干净、仪表得体的人。至于那些兜售色相的女子，你们也都见识过，又丑陋，又憔悴，皮肉都松垮了，不知为何，还做出一副神气十足的蠢样。

我心里暗想：这些懒洋洋的女人，说她们胖吧，还不如说是肥腻更恰当，有的地方太臃肿，有的地方又瘦巴巴的，挺着如同僧侣的大肚子，迈开野鸭一样的罗圈腿，没有一处能值得为她出一个路易的地方，就这么她们一开始还会要价五路易呢。

谁能想到，我忽然发现一个小尤物，深深吸引了我。她不算特别年轻，可是娇嫩、有趣、迷人。我喊住她，没有多想，就稀里糊涂地跟她约定了共宿一晚。我不想回到自己一个人的家；我想要有人陪伴，要这风尘女子的爱抚。

我跟随她而去。她住在烈士大街一个很高的楼上。楼梯的煤气灯已经灭了，我慢慢走上楼梯，每隔几秒钟就得擦亮一根火柴，不时在台阶上跟跄一下，听着前面的裙声窸窣，窝了一肚子火。

她在五楼停住脚步，关上外面的门，问："这么说您要待到明天？"

"当然，不是已经说好了吗？"

"好啦，亲爱的，我也就是确认一下。您等我一分钟，我马上就回来。"

她把我留在黑暗里，我听见她关了两道门，好像还跟什么人讲了话。我感到又是奇怪，又是不安。一想到她还有个保镖，让我内心有点犹豫，不过我腰板直、拳头硬，动起手来也不怕，"咱们走着瞧吧"。我心里说。

我侧耳倾听，里面有忙乱之声，似乎有人在蹑手蹑脚地走路，接着另一道门开了。又听见什么人在说话，但声音压得很低。

她回来了，手里拿着一支刚点着的蜡烛。

"你进来吧。"她说。

这一回她用"你"来称呼我，似乎在表明她已经属于我。我跟了进去，经过一间餐室，显然从未有人在里面吃过饭。然后来到这类女人住的那种典型的卧室，一个带家具出租的房间，红色的棱纹布窗帘，一床脏兮兮的大红绸鸭绒被。

"把衣服脱了吧，宝贝。"她说。

我疑窦重重地巡视了一下房间，没发现令人不安的迹象。

她衣服脱得很快，我大衣还没有脱下来，她已经钻入被窝，笑着说："怎么了？发什么愣啊？来啊，快点。"

我照她说的脱了衣服，跟她躺在了一起。

五分钟后，我巴不得马上穿好衣服离开这里，可是家里笼罩着我的那种可怕的倦怠之感仍然抓着我不放，让我没有动窝儿的勇气。尽管对这张人尽可睡的床感到厌恶，但还是留了下来。我在游乐场灯光映照下所发现的这个女人身上那不寻常的魅惑，在贴近之后便烟消云散，对现在的我来说，她跟别的妓女实在没什么两样。

我想聊点什么。

"你在这儿住多久了？"我问。

"到 2 月 15 号就半年了。"

"之前你住哪儿呢？"

"在克洛泽，可是那个看门的女人老是找我麻烦，我就搬家了。"

然后她喋喋不休地扯起了那个看门女人给她造谣的事儿。

突然间，我听到有东西在离我们很近的地方响动。先是一声喘息，接着是什么人在椅子上转身的声音，虽然轻微，但听得很清楚。

我猛地坐起来，问："这是什么声音？"

她平静而坦然自若地答道："不用慌，我的乖乖，只是邻居家而已。这里的墙太薄了，啥都能听见，就像在自己屋里一样。这可怜的房间，墙跟硬纸板糊的一样。"

我觉得懒洋洋的，就没有再留意。我们又聊起来。在这种时候，所有男人都会被愚蠢的好奇心驱使，问起她们第一次失身的经历，揭开那隐秘的面纱，用一句话勾起她们往昔那纯真、羞涩的记忆，借着她们原本清白的痕迹，来爱她们那么一时半会儿。

　　我盘问她的底细，想弄清她早年的情人是谁。我知道她在向我撒谎，不过有什么要紧？在这些谎言背后，兴许能找到些许真诚、动人的东西呢。

　　"告诉我，他是个什么样的人？"

　　"他是个爱划船的人，亲爱的。"

　　"哦，详细讲讲，你那时在哪儿？"

　　"在阿尔让特伊。"

　　"你那时做什么？"

　　"饭店的服务员。"

　　"什么饭店？"

　　"淡水河水手饭店。你知道那儿吗？"

　　"怎么不知道，店主是波纳梵嘛。"

　　"对，就是那儿。"

　　"他怎么把你弄上手的，这个划船的？"

　　"我正给他收拾床铺，他就乱来了。"

　　我忽然想起一个朋友的理论，他是位观察敏锐、善于思考的医生。他因为一直在医院工作，整天跟未婚妈妈和妓女打交道，熟知她们所有的羞耻和悲惨之事。这些可怜的姑娘往往成为有钱的浪游者的猎物。

　　他说："一个女人第一次失足往往是源于同阶层、同地位的人，我有大量的观察记录可以证明。我们总是指责有钱人掠夺了穷人家姑娘的贞操，这是错的。富人花钱买下摘下来扎成束的花，他们有时也会去采花，可是采到的也不是初开的花，而是第二遍开放的花。"

于是，我转向这位女伴，笑起来。

"你过去的事儿我都晓得啦。那个划船手可不是你的第一次。"

"是啊，宝贝，我发誓这是第一次。"

"你说谎，宝贝儿。"

"我跟你保证。"

"你说谎，还是跟我实话实说吧。"

她愣住了，犹豫了一会儿。

我又说："我可是个魔术师，姑娘，我懂得催眠术，你要是不说实话，我就让你沉睡过去，到时候就由不得你不说真话了。"

她正如她们那类人那样，很蠢，所以害怕了。她支支吾吾地说："你怎么猜出来的？"

"嘻，快点告诉我吧。"

"第一次实在没啥可说的。那时候在村子里有个节日庆祝，他们特意请了一个临时厨师，叫亚历山大先生。他一来到我们那儿，就大模大样，对所有人都吆五喝六，连老板和老板娘都不放在眼里，就像个国王似的。他长得高大英俊，站在炉灶前一会儿都不住嘴，总是喊着'拿黄油来……拿几个鸡蛋来……拿料酒……'你就得马上匆匆忙忙地给他递过去，要不然他就发脾气，说些让人羞得裙子底下都发烫的话。

"干完一天的活，他就在门外抽烟斗。我端着一摞盘子正从他面前经过，他就对我说：'过来，小妞儿，领我去河边，指给我看看你们这儿都有啥好风景。'我就傻子似的跟他去了，刚到河岸边他就乱来，动作快得我都没反应过来到底怎么回事。之后他就坐上九点的火车走了。我再也没见过他。"

"就这些？"我问。

她支支吾吾地说："哦，我想弗洛斯坦该是他的。"

"弗洛斯坦是谁啊？"

"我的小儿子。"

"啊哈！你肯定让那个划船手相信他是孩子的爸爸了，对不对？"

"你猜对了。"

"那个划船手，他有钱吗？"

"嗯，他给了弗洛斯坦三百法郎的年金。"

我觉得有趣，说："哎哟喂，我的姑娘，他们老觉得你们这些人笨，你们并不笨嘛。他多大了呢，这个弗洛斯坦？"

"现在十二岁了，到春天就可以领第一次圣餐了。"

"妙啊。从那以后你就破罐子破摔做起了这桩买卖？"

她听天由命般地叹了口气说："我也是没办法啊。"

然而，此时房间里很大的一声响把我吓了一跳。这声音像是什么人摔倒了，用手扶着墙又爬起来一样。

　　我抓起蜡烛，瞅瞅周围，又害怕又恼怒。她下了床，试图拉我回去，小声嗫嚅着说："没什么事的，宝贝。我跟你保证，啥事都没有。"

　　不过，我已经发现了这奇怪的动静来自何方，径直走向床头一扇门前，猛地拉开门，只见一个苍白、瘦小的男孩缩在一把大软椅旁边，显然是刚从那上面掉下来的。他浑身瑟瑟发抖，惊恐的眼睛睁得老大。

　　一见我，他就哭起来，伸出手臂扑向母亲，喊道："这不是我的错，妈妈！不是我的错，我睡着了，掉了下来，别骂我，妈妈，不是我的错。"

　　我转向女人，问："这是怎么回事？"

　　她慌乱失措，断断续续地说："你让我怎么办？我挣的钱又不够他上寄宿学校！我只能让他跟着我住，也没钱另外租一个房间。天啊。没有客人的时候他就跟我一起睡。有人来了，他就安安静静躲在衣柜里；他懂事，不会出声。可要是有人待上一整宿，就像你这样，这可怜的孩子只能睡在椅子上，那可就要累坏了。

　　"这不是他的错。不信你试试看能在椅子上睡一个通宵不——那样你就知道是什么滋味了。"

　　她越说越来气，激动得大声嚷嚷。

　　孩子还在哭。这是个可怜巴巴、怯生生的小家伙，只能缩在寒冷、黑暗的衣柜里的孩子，等床上没有外人时才能上床暖和一下。

　　我自己也想哭了。

　　我回家上床睡觉去了。

月光

朱莉·露贝正在等她的姐姐，昂利埃特·勒托，她刚刚从瑞士旅行回来。

勒托夫妇大约是五周前出门的。昂利埃特让丈夫一个人先回来，去他们卡瓦多的庄园处理一些要务。她来巴黎在妹妹这里住几天。眼看就要天黑了。露贝夫人在静静的客厅里借着余晖心不在焉地看书，一听见有动静就抬起头看一眼。

最后，她听见门铃声响，姐姐现身了，身上还裹着旅行斗篷。姐妹间没有正式的问候，只是温情脉脉地紧紧拥抱了一下，略停片刻又拥抱了一次。然后昂利埃特摘下帽子和面纱，她们开始聊起彼此的健康状况，各自的家庭，以及其他各种琐事，漫无边际地闲扯着，不时抛下一两句匆匆忙忙、断断续续的话。

天已经很黑了，露贝摇铃要仆人上灯。等仆人点上灯时，她正要再次拥抱一下姐姐，可是盯着对方的脸，却退缩了，姐姐的样子让她感到惊恐。

勒托夫人额头上有两大绺白发。别的头发都还乌黑发亮，可就在那儿，在额头两边，却是两缕银丝，在周围的黑发中若隐若现。她才二十四岁。这一剧变是她去瑞士后突然发生的。

露贝一动不动，惊诧地望着姐姐，泪水涌了上来。她觉得姐姐身上肯定发生了神秘而可怕的灾难性事件。

她问："你怎么了，昂利埃特？"

姐姐带着悲伤的表情笑了，这是一个心里有病的人的微笑。她回答道："没什么啊，我跟你保证。你看到我的白发了？"

露贝激动地抓住姐姐的肩膀，以搜寻的眼神望着姐姐，再次问道："姐姐你怎么了？告诉我，出什么事了？别跟我撒谎，否则我很快就会发现的。"

她俩面对面站着。昂利埃特看样子简直要昏厥过去，她低垂的眼角挂着两颗泪珠。

妹妹又问道："到底出了什么事？你究竟怎么了，告诉我！"

姐姐压低声音，说："我……我有了一个情人。"

说罢，她把头埋在妹妹的肩膀上，抽泣起来。

等她平静了一些，不再那么激动了，她便开始倾诉，就像是要把这个秘密剥离自身，在一个同情者的心里清空自己的烦恼。

两人紧握着彼此的手，来到房间黑暗角落里的沙发上坐下。妹妹用胳膊搂着姐姐的脖子，贴近她的心，聆听着。

"唉，我知道自己没有借口；我不了解我自己。从那天起，我感觉自己像是要疯了。当心啊，宝贝，你自己也要当心啊！要是你知道我们的意志多么薄弱，我们屈服得有多快……只需要一点点，就那么一点点、一小会儿的柔情……在某些时刻，我们都会遇到这样的情形，那种突然发作的忧郁，那种让你张开双臂，想要拥抱什么、珍惜什么的渴望……

"你了解我的丈夫，也知道我有多爱他；他成熟而又明智，却不懂得女人心灵那种温柔的颤抖。他老是那样，老是那么和蔼，老是微笑着，脾气那么好，那么完美。啊！有时我多想让他粗暴地把我拥在怀里，抱着我，慢慢地、柔情似水地亲吻我，那种让两个人合二为一的亲吻，那种默契！我多么盼望他能稍微笨一点，甚至软弱一点，这样他就会需要我，需要我的爱抚，需要我的泪水！

"这些想法很蠢，可我们女人生来就是这样。有什么办法呢？可是，我从来没想过要对他不忠。如你所见，这事发生了，没有爱情，没有理由，什么都不怪，只怪那天晚上琉森湖上的月光太美了。

"我们一起旅行的这个月里，我的丈夫用他那平静的淡漠，麻痹了我的活力，熄灭了我诗意的激情。日出时分，我们从山上下来，四匹马撒了欢似的奔驰如飞，透明的晨雾中，山谷、树林、溪流、村庄，一切都历历可见，我欣喜若狂地拍着手，对他喊道：'多美啊，宝贝！给我一个吻！马上吻我！'可他却那么令人扫兴，和善地微笑道：'仅仅因为你喜欢这里的风景，我们就要接吻，这不合情理吧。'

"他的话让我大失所望。对我来说，当人们相爱时，面对美景，他们应该比平常更加为情爱所触动才对。

"我心里洋溢着诗意，可他就是不让我表达出来。我简直就像个锅炉，充满了蒸汽，却被牢牢密封住了。

"一天晚上（我们有四天待在弗吕伦的一个旅馆），罗伯特因为头痛，用完晚餐马上就上床睡觉了，我一个人在湖畔漫步。这是一个在童话里才有的夜晚。满月高悬中天；群山高耸，积雪覆盖的山顶就像戴了银冠；湖水波光粼粼，银光荡漾。柔和的空气，暖意袭人，让人懒洋洋的，几乎要晕倒，没有什么外在的原因，我却被深深地触动了。那时的心灵是多么敏感，多么容易激动啊！我们的感情又是多么浓烈啊！

"我坐在草丛里，凝望着浩渺、忧郁、迷人的湖水，心里滋生出一种不可思议的情感，一种无法满足的对于爱的需要，一种对沉闷阴郁的生活的反抗情绪。唉！难道我命中注定不能和我爱的人手挽手在月光轻抚的湖畔漫步吗？我再也不能用自己的双唇感受那深沉、甜蜜、醉人的亲吻了吗？如此美好的、为恋人天造地设的夏日夜晚，我再也不能在月光下的阴影里体验那热烈的爱情了吗？

"想到这儿，我就像一个疯女人那样痛哭起来。这时，我听见身后有动静，有个男人站在那儿，正打量着我。我一回头，他认出了我，

走上前来，问：'您在哭吗，夫人？'

"这是个年轻律师，和他母亲一同旅行。我们常常打照面，他的眼神总是追随着我。

"在那种情形下，我如此茫然，不知该如何回答，也不知该回应些什么，只好跟他说我觉得不太舒服。

"他以一种落落大方而又彬彬有礼的态度走在我身边，跟我谈起旅途中的见闻。我感受到的一切，他都替我说了出来；令我心荡神驰的一切，他都完全理解，比我更理解我自己。忽然，他朗诵了阿尔弗雷德·德·缪塞①的几句诗，我为难以形容的激情震荡着，简直要窒息了。山峦、湖水、月光，都在向我歌唱，歌唱那无可言喻的温柔。

"说不清为什么，也说不清怎么回事，就这么发生了，如同一场幻梦。

"至于他，直到他离开的那天早上，我再也没有见过他。他给了我名片！"

她瘫软在妹妹的怀里，呻吟着——几近哀号的呻吟。

露贝夫人，带着矜持、严肃的神气，轻柔地说："你瞧，姐姐，我们所爱的往往不是一个男人，而是爱情本身。那天晚上，你真正的爱人其实是月光。"

———

① 阿尔弗雷德·德·缪塞（Alfred de Musset, 1810—1857年），19世纪法国浪漫主义诗人、小说家、剧作家。主要作品有"四夜组诗"（《五月之夜》《十二月之夜》《八月之夜》《十月之夜》），长诗《罗拉》，诗剧《酒杯与嘴唇》等。

西蒙的爸爸

正午的钟声敲响了。学校的大门一开，孩子们都冲了出来，你推我搡地争着往外跑。不过，他们并没有像平常那样各自散开，回家吃饭，而是在校门口几步远的地方停下脚步，三三两两地交头接耳。

原来，这天早上，布朗肖家的儿子西蒙第一次来上学了。

他们都在各自家里听说过布朗肖的事。尽管在公共场合大家对她还算客气，可这些妈妈们私底下对她的同情里都带着某种蔑视，这些孩子根本不懂怎么回事，却也有样学样。

至于西蒙本人，他们并不怎么认识他，因为他几乎从来不出门，没有跟他们一起沿着村里的街巷或是河岸疯跑过。他们也不在乎他，而是欢快中夹杂着惊奇，扎堆议论，纷纷重复着一个十四五岁的大孩子故作神秘地眨着眼说的一句话："你们知道吗？西蒙……他没有爸爸。"他那神气仿佛他懂的还不止这些。

正在这时，布朗肖家的儿子出现在校门口。

他七八岁，脸色有些苍白，但很整洁，看上去怯怯的，不太自在。

他正要回家，他那群正叽叽喳喳的同学，带着想要恶作剧的孩子们特有的那种阴毒、残忍凑过来，把他堵在了中间。西蒙站在他们当中，又羞涩又惊讶，不知道他们会对他做什么。那个最初散播消息的大孩子，因为自己取得的成功得意非凡，走向前问他："喂，叫什么，你！"

他回答说："西蒙。"

"西蒙什么？"对方又问。

孩子茫然失措，又说了一遍："西蒙。"

那孩子冲他叫嚷道："问你叫西蒙什么……得有个姓吧，西蒙可不是姓。"

孩子快要哭出来了，又第三遍重复道："我叫西蒙。"

顽童们都笑起来。那胜利的施虐者越发得意，大声喊道："你们看到没有？他没有爸爸。"

一阵死寂。孩子们被这不可思议的怪事惊呆了——没有爸爸的孩子；他们把他看成一种违背常理的怪物，他们感到他们的母亲对布朗肖的不可理解的轻蔑在自己内心增长。至于西蒙，他斜倚着一棵树才没有摔倒。他站在那儿，似乎被这无法挽回的灾难击垮了。他想要解释，但想不出什么话来反驳他没有爸爸这可怕的指控。最后，他不管不顾地喊了一声："我有爸爸！"

"他在哪儿呢？"那个大男孩紧逼着问。

西蒙哑口无言，答不上来。孩子们哄笑起来，一个个都兴奋不已。这些乡间的男孩，此时体验到了那种残忍的渴望，就如农院里的一只鸡受伤后，其他的鸡迫不及待地想要把它啄死一样。

西蒙忽然看到邻居家的一个男孩，是寡妇的儿子，他总是看见这个男孩与妈妈孤零零地在一道。

"你也没有爸爸，"他急忙说，"你也没有爸爸。"

"你瞎扯，"这一个说，"我有爸爸。"

"他在哪儿？"西蒙又问。

"他死了。"这孩子无比庄严地回答，"他在坟墓里，我的爸爸在坟墓里。"

这帮孩子对这句话报以赞许的私语声，就好像拥有一个坟墓里的爸爸这件事，足以让他们这个伙伴高高在上，压垮那个根本没有爸爸的小子。至于这群男孩的爸爸，大多都是坏蛋、酒鬼、小偷、爱打老婆的孬种。他们挨挨挤挤地逼近西蒙，仿佛他们这些合法的儿子要把这个私生子压死一样。

刚好在西蒙旁边的孩子猛地伸出舌头，扮了个嘲弄他的鬼脸，喊道："没爸爸！没爸爸！"

西蒙两手抓住他的头发，踢他的腿，又狠狠咬他的脸。两人之间展开一场恶战。西蒙发现自己不但挨了打，衣服也被撕破了，还擦伤了，倒在地上，周围是一伙在拍手称快的小恶棍。他扑打了一下满是尘土的罩衫，有人冲他叫道："去你爸爸那里告状啊！"

西蒙的心沉到了底。他们比他强大，打败了他，他没有什么话可以回呛他们，因为他清楚地知道自己确实没有爸爸。为了自尊，他有好一会儿强忍着涌上来的眼泪，但实在憋得透不过气，于是他悄无声息地抽泣起来，浑身剧烈地颤抖着。他的敌人们爆发出一阵狂笑，他们就像节日庆典上的野人，不约而同地手拉手围成一圈在他四周跳起舞来，如叠句一样嘴里不断重复着："没爸爸！没爸爸！"

西蒙突然不哭了。他怒火中烧，正好脚下有几块石子，他捡起来，拼命扔向这些施虐者。有两三个被打中了，嗷嗷叫着逃开了。他的样子如此可怕，其他人也都惊慌起来。在一个被激怒到发狂的人面前，这些人都是胆小鬼，他们纷纷逃窜散去。没有父亲的孤零零的小家伙，迈开步子向田野跑去。他回忆起一件事，让他做了一个重要决定。他决意去跳河自杀。

他想起来的是：八天前，有个靠乞讨过活的人因为没有钱投河自杀了。他们把他捞上来时，西蒙也在场。这个可怜人平常看上去是那么凄惨、丑陋，可死后却显得如此安宁，他脸色苍白，长长的胡子湿淋淋的，睁着的双眼是那么平静。

有个旁观者说："他死了。"

另一个说："他现在有福了。"

西蒙自己也想投河自尽。他没有爸爸，就和那个可怜人没有钱一样。

他来到了河边，看着河水静静流淌。清澈的流水中有些鱼儿在欢快地畅游，偶尔跃出水面，吞下水面上的小飞虫。望着它们，西蒙对鱼儿捕食的情景大感兴趣，渐渐不再哭泣。可正如一场暴风雨暂时平息以后，又突然刮起一阵狂风折断了树木，消失在天际，痛苦的念头迅即又涌上他的心头："我要投水自尽，因为我没有爸爸。"

天气温和、晴朗。和煦的阳光照耀着青草。水面像镜子一样闪着光。西蒙哭泣过后感觉懒洋洋的，有那么一会儿甚至觉得有些快活，想在暖和的阳光下睡上一觉。一只绿色的青蛙从他脚边跳起来。他想捉住这只青蛙，它逃开了。他跟上去，接连三次失手后，终于抓住了它一条后腿。看着这小家伙妄图挣脱的样子，他笑出声来。它先是蜷缩后腿，然后猛地一蹬，两条后腿伸得笔直，就像棍子一样；同时前脚在空中乱抓一气，就像手一样，它圆鼓鼓的眼睛和黄色的眼圈瞪得滴溜圆。它让西蒙想起一种用直木片交叉着钉在一起的玩具，用类似的动作操纵着上面的小兵。然后他又想起家，想起自己的母亲，再次被忧愁所吞没，又哭了。他身体一阵战栗，跪了下来，像做睡前祷告那样祷告了一番，可因为抽噎得厉害，身体抖动着，他没法完成祷告。他脑子里一片茫然，也不再看周围的景物，拼命地哭着。

忽然，一只沉重的大手落到他肩膀上，有个粗犷的声音问他："小家伙，什么事这么难过啊？"

西蒙转过身，见一个留着胡子、黑色卷发的工人正和颜悦色地望着他。他满眼泪水，哽咽着："他们打我……因为……我……我没有……爸爸……没有爸爸……"

"怎么？"对方笑着，"谁都有爸爸啊。"

"可是我……我……我没有爸爸。"

工人脸色凝重起来。他认出了这是布朗肖家的儿子。尽管他刚来本地没多久，对于她的过往也略有耳闻。

"放宽心吧，孩子，我带你回妈妈那里去。爸爸会有的。"

他们走在路上，这个大块头牵着小家伙的手。工人微笑着，要是能去见见这个叫布朗肖的村姑，他不会不高兴。据说她是村里最美的姑娘之一。也许，他心里暗自盘算着，犯过一次错的姑娘会再犯一次。

他们来到一个整洁的白色小屋前。

"这儿就是，"孩子说着，喊了一声，"妈妈！"

一个女人出现在门前。一见到她，这个工人马上收敛了笑容。他立即意识到跟这个脸色苍白的高个子姑娘没法嬉皮笑脸，她神色严肃地站在门前，仿佛这个曾经被男人欺骗的家，再也不准男人跨进一步。工人惊慌失措，手里拿着帽子，支吾着解释："您瞧，我把您的孩子带回来了。他在河边迷路了。"

然而西蒙却搂着母亲的脖子，边说边哭："不，妈妈，是我想跳河淹死，因为别人打我……他们打我……因为我没有爸爸。"

这个年轻女人脸憋得通红，心里痛如刀绞。她使劲抱了抱自己的孩子，热泪哗哗地流淌下来。男人大为震动，站在那儿，不知怎么走开才好。

西蒙突然跑向他，问："你愿意做我爸爸吗？"

一阵沉寂。布朗肖哑口无言，羞愧难当，两只手捂着胸口靠在墙上。孩子看到对方没回答他，又说："要是你不愿意，我就再去河边淹死！"

工人玩笑似的回答："当然了，我愿意。"

"你叫什么？"孩子继续问，"这样我才好告诉别人，要是他们问起你的名字。"

"菲利普。"工人回答。

西蒙默默记下了这个名字，然后伸出胳膊，感觉很是快慰，说："好，那说定了，菲利普，以后你就是我爸爸了。"

工人把他从地上举起来，匆忙在两边脸颊上亲了亲，大步流星地走开了。

西蒙第二天回到学校，迎接他的又是轻蔑的冷笑。等放学后，那些孩子又要开始欺负他，他把这句话就像扔石子一样扔到他们头上："我爸爸叫菲利普。"

他们七嘴八舌地兴奋地喊叫着："菲利普是谁啊？菲利普干什么的啊？到底哪个菲利普？你从哪里捡来的菲利普？"

西蒙没有回答，而是抱着不可撼动的信念，对他们怒目而视，他宁可让他们折磨而死，也绝不临阵脱逃。校长及时赶到，给他解了围，他回家去了。

接下来的三个月里，高个子工人菲利普时常经过布朗肖姑娘的家。如果他瞧见她在窗前做针线活，他会大着胆子跟她聊几句，她会有礼貌地回应他，但从来都是不苟言笑，也不允许他进屋。尽管如此，他还是像所有男人那样自作多情，觉得她跟自己讲话时比平素脸要红。

名誉一旦失去，就再也难以挽回，即使挽回了也是相当脆弱。尽管布朗肖姑娘处处循规蹈矩，周围的人却已经又在说三道四了。

至于西蒙，他很喜欢自己的新爸爸。几乎每天晚上都会等他干完活儿，跟着他去散步。他每天正常去学校，神色庄严地从同学们当中走过，不怎么理睬他们。

然而有一天，那个曾经带头攻击他的大孩子又挑衅他说："你撒谎，你没有什么叫菲利普的爸爸。"

"你为什么这样说？"西蒙激动地问。

那小子得意扬扬地搓着手，回答道："如果他是你爸爸，他就该是你妈妈的丈夫。"

西蒙让这个无可辩驳的理由弄得不知所措，不过，他还是回应道："不管怎么样，他都是我爸爸。"

"你倒是嘴硬，"那顽童冷笑说，"可他毕竟不是你爸爸。"

布朗肖的小孩低着头，忧心忡忡地朝着卢瓦宗老头的铁匠铺走去，菲利普就在那儿干活。这个铁匠铺隐藏在树木之间，里面昏暗一片，只有大火炉里的熊熊火焰照亮五个铁匠。他们挥舞着铁锤在铁砧上叮叮当当地敲着。在火光包围下，他们宛如妖魔一般，盯着正在捶打的烧红的铁块，模糊的意识随着锤头起起落落。

西蒙进来时没人注意到他。他悄悄拉了一下他朋友的衣袖。菲利普转过身，手上的活儿马上停了下来。大伙儿都神色凝重地瞧着他们。在不寻常的静默过后，西蒙细细的声音响起来："菲利普，米西奥家的孩子刚才说你毕竟不是我爸爸。"

"为啥不是？"铁匠问。

孩子天真地答道："因为你不是我妈妈的丈夫。"

没有人笑。菲利普站在那儿，手扶着搁在铁砧上的锤柄，额头贴在手背上，沉思着。四个伙伴注视着他，西蒙在这些巨人当中就是个小不点，他焦急地等待着。其中一个铁匠对菲利普把大伙儿心里的话说出来："布朗肖是个诚实的好姑娘，又正直，又稳重，虽说经历过不好的事，可是哪个好人娶了她，她会是一个好妻子的。"

"这话不假。"另外三个赞同说。

那个铁匠继续说："她是走错了路，可那也不是她的错啊。对方本来是答应了跟她结婚的。我知道的现在大伙都很敬重的人里头，从前也都有过跟她一模一样的遭遇。"

"对，对。"另外几个齐声应和着。

"她一个人带大这个孩子，吃了多少苦头啊。这些年来，她除了去教堂，基本上都不出门，背地里又抹了多少眼泪，只有天知道。"

"对对对。"其他人应道。

之后没了别的声音，只有风箱拉动吹火的声音。菲利普弯下腰对西蒙说："你回去跟你妈说一声，我今晚要过去跟她说一件事。"接着他把手放在孩子肩膀上推着他出去了。

他又干起活来。五把大锤一同落在铁砧上。他们捶打着铁块，个个强壮、有力、快活，就好像和锤子连为一体，一直到夜幕降临时才停手。不过，正如主教堂的大钟在节日时分盖过了别的钟声一样，菲利普的锤头落下时也比别的锤头更响亮，一下一下敲出震耳欲聋的轰鸣。他站在飞扬四溅的火星里，身上似乎有使不完的劲儿。

当他敲响布朗肖家的门时，已是满天星斗。他套上了星期天才穿的礼服，换上了干净的衬衫，胡子也修剪得整整齐齐。年轻女人出现在门槛，用沉重的语气说："菲利普先生，天这么黑了，您来这里不太合适。"

他想要回答，但结结巴巴的，不知怎么开口。

她又说："您要了解，我再也不能让人说闲话了。"

"这有什么要紧的，要是你愿意做我妻子！"

没有回答，但他确信自己听见阴暗的房间里有身体倒下的声音。他连忙进了屋子。西蒙已经上床睡了，听见有接吻声和母亲的低声细语。接着，他发现自己被朋友的大手举了起来。菲利普用巨人般的胳膊举着他，大声说："你告诉那些同学，你爸爸是铁匠菲利普·雷米，谁要是欺负你，我就去揪谁的耳朵。"

第二天，等同学们都来齐了，快要上课的时候，小西蒙站起来，脸色苍白，双唇打战，用洪亮的声音宣告："我爸爸，是铁匠菲利普·雷米，他说了，谁要是欺负我，他就会揪谁的耳朵！"

这次没有人再笑，铁匠菲利普·雷米是无人不知、无人不晓的，是谁都会引以为荣的爸爸。

乞丐

　　尽管他现在境况凄惨，身体残疾，可他也曾有过还算不错的日子。

　　十五岁时，在通往瓦维尔的大路上，他的两条腿让一辆马车压残了。从那时起，他就开始了乞讨的日子，拄着双拐，拖着两条腿，蹭过乡间一条条小路和农院。双拐把他的肩膀顶得跟耳朵一样高，脑袋就如挤在两座山之间。

　　他本是个弃婴，是比艾特村的神父在万圣节的前夕从水沟里捡回来的。神父给他施洗，为他取名叫尼古拉·万圣。他靠着别人的慈善接济长大，没受过任何教育。面包师请他喝了几杯白兰地，导致他被压坏了腿（人们当时拿他大大取笑了一番），从此成了个流浪汉，唯一知道的事就是伸手乞讨。

　　有一阵子德·阿瓦里男爵夫人允许他睡在毗邻城堡的农庄的鸡舍旁边一个铺了稻草的窝里。要是他饿得不行，总能在城堡的厨房里得到一杯苹果酒和一块面包。此外，老夫人还时常从门前台阶和窗口扔给他几分钱。可她现在已经死了。

村子里的人几乎不怎么给他东西——大家都熟知他，见他一天又一天，足足四十年，拄着双拐，拖着残疾的腿，一身褴褛地挨家挨户乞讨，早都已经厌烦了。可是他没法下定决心到别处去。除了他已经捱过几十年的这三四个村庄，这方小小的角落，别的地方他都不知道。他把自己的乞讨范围限定在这里，习惯了这里，怎么都不愿跨过这个界限。

他甚至不知道视野尽头的那排树外面还有没有别的世界存在。他不会问自己这个问题。村民老是在田边地头、大街小巷见到他，觉得嫌恶，会冲他喊："你怎么不去别的村子？老在这儿拐来拐去的干吗？"他没有回答，只是缩头缩脑地躲开。对于未知的世界他有一种模糊的恐惧——穷人害怕的事有成百上千件——陌生的面孔，欺凌，侮辱，猜疑的目光，还有路上成对走着的警察。对警察他总是尽可能地回避，一见他们靠近就躲到灌木丛或者石头堆后面。

远远地看见他们的制服在太阳底下闪着光，他就变得异常敏捷——如同野兽寻觅隐身之所的时候那么敏捷，他把双拐扔到一边，像一块破布一样瘫倒在地上，尽可能缩到最小，仿佛缩在窝里的兔子那样紧贴着地，他的破衣烂衫跟周遭泥土的颜色也差不多。

他从没跟警察打过交道，却下意识地躲避着他们，仿佛是从他素未谋面的父母那里遗传了这种本能似的。

他没有可以遮风避雨的栖身之所，夏天呢，就在外面随便找个地方睡觉。冬天，他以异乎寻常的灵巧，趁人不注意时溜进谁家的粮仓或牲畜棚。他总能在别人发现他的踪迹之前离开。他知道哪些窟窿能让他爬进去，长期使用双拐让他的胳膊惊人地强壮有力，可以凭借臂力把自己拖入一个装干草的阁楼，要是乞讨到的食物足够，他可以在上面接连待上四五天。

他生活在人群中，却如同地里的野兽。他什么人都不认识，什么人都不爱。在农民的心里，他激发的只是一种满不在乎的轻蔑和敌意。他们给他起了个外号——"挂钟"，因为他挂在双拐中间，就像教堂的钟挂在木架上一样。

他有两天没吃任何东西了。谁都不给他东西吃，大家的耐心都耗尽了。一见他靠近，女人们就在门口喊道："走开！你这个废物、流浪汉！我三天前不是给过你一块面包吗？"

他转身去另一家，受到的是同样的冷遇。

女人们在门口议论说："我们可不能一年到头都养着这个懒畜生！"

然而这个"懒畜生"每天都需要吃的。

他走遍了圣·伊莱尔、瓦维尔、比艾特，一个铜子、一片面包都没有要到。他剩下的唯一希望就是托尔诺，但到那儿得走两法里，而他现在是如此疲惫，哪怕去另一个农庄都觉得困难。肚子里、口袋里都是一样，空空荡荡。不过他还是上路了。

正好是十二月，寒风吹过田野，从光秃秃的树枝间呼啸而过；阴沉沉的天空乱云飞渡，瘸子拽着身体忍痛前行，提起一根拐棍，再提起另一根，用残余的一条扭曲的腿支撑着自己。

他时不时坐到水沟边歇上一小会儿。饥饿折磨着他。混沌、迟钝的头脑里只有一个念头：吃。但如何才能果腹，他不知道。他艰难地走了三个小时，最后终于看到了村庄里的树木，有了新的力气。

他向遇到的第一个农民乞讨，对方回他说："怎么又是你？这个老叫花子，怎么都甩不开你了吗？"

"挂钟"只好继续挨家挨户地乞讨。在每一家门前，他得到的都是粗鲁地咒骂，此外什么都没有。他执拗地转遍了整个村子，一个子儿都没讨到。

他又来到村外的农庄，在泥泞的土地里费力地挪动着。他已经精疲力竭，甚至已经提不起木拐。无论到哪儿，他遭到的都是同样的白眼和驱赶。天气冷而阴沉，人们的心都冻硬了，更容易被激怒，谁也懒得施舍，懒得帮助别人。

等他转遍了所有房子，"挂钟"在希盖老爷农庄水沟的一角坐了下来。照别人的说法，他是从拐上卸下来，其实就是胳膊夹住木拐，人从上面滑下来。他一动不动地瘫在那儿，忍受着饥饿的折磨，却并不能完全清楚地认识到自己的悲惨处境。

他不知道自己在等什么，大概就如所有人心中经常怀着的那种漫无目的的期待。在这十二月的刺骨寒风里，他等候在农庄一角，等待从天而降或是哪一位好心人的神秘援助，至于援助会从哪里来、怎么来、通过谁来，他一概不知，只是希望它来。一群黑色的母鸡经过他身旁，在所有动物赖以为生的大地上寻找食物。它们不时叼起一粒粮食或是一条小虫子，又继续不慌不忙地寻找着。

"挂钟"注视着它们，脑子里什么都不想。接着，有个念头，与其说是从他脑子里还不如说是从他肚子里冒了出来——如果抓住一只鸡，用枯树枝生把火烤烤应该很好吃。

他没有去想这是偷盗。他捡起一块石子，由于准头好，一下就打死了离他最近的一只鸡。这只鸡扑闪着翅膀倒在了一边。别的鸡见状，慌慌张张地迈着细腿四处逃窜。"挂钟"重新挂上木拐，像鸡一样摇摇晃晃地去拿他的猎物。

正当他手伸到那个头上流着血的小小的黑色身体时，他感觉背上挨了重重的一下，不由得松开双拐，滚到了十步远处。希盖老爷怒不可遏地拳脚并用，对这个窃贼又踢又打。"挂钟"毫无还手之力。

农庄上的长工也都赶过来，跟庄主一起狠揍这个瘸子乞丐。等打累了，他们就把他拖到一个柴房里关起来，去叫警察。

"挂钟"让人打了个半死不活，流着血，饥肠辘辘，只能躺在地上。黄昏、黑夜、黎明，他自始至终都没吃到任何东西。

中午时分，警察驾到。他们小心翼翼地开了柴房的门，生怕这个乞丐会抵抗。希盖老爷声称自己被他攻击了，自己费了老大劲儿才制服他。

警察呵斥道:"起来!"

可是"挂钟"动不了。他尽量想用双拐支撑起自己,但没能成功。警察认为他是在装样子、耍诡计,使劲把他拉起来,将他的肩膀架到双拐上。

他心里满是恐惧,对于警察制服的恐惧,就如猎物面对猎人,老鼠面对猫的恐惧一般。他靠着超人的力量,竟然成功站稳了。

"走!"警察命令道。他挪动起来,农庄上的人都瞅着他离开。女人冲他摇晃拳头,男人咒骂、羞辱他。终于被抓了!太好了!去掉一个祸害!他缩在两个警察中间,拖着身体,靠着绝望的力量,一直走到黄昏。由于脑子里太糊涂,又受到这样的惊吓,完全搞不清究竟发生了什么。

路人遇见他,都停下来打量着,小声嘟囔说:"十有八九是小偷。"

到了晚上,他来到了镇上。以前,他从未到过这么远的地方。他一点都不明白自己为什么会来这里,将来又会怎样。过去两天里发生的可怕而意外的事,所有这些陌生面孔和房屋都让他慌乱不安。

他什么话都没说,因为他什么都不明白,也没什么可说。另外,这么多年来,他没有跟任何人讲过话,舌头几乎不会用了。他的想法也是一片混乱,根本无法诉诸语言。

他被关在镇上的监狱里。警察压根没想过他也需要吃的,就将他扔下不管了。直到第二天一大早,他们来提审他的时候,发现他已经死在地上了。何等惊人啊!

伞

奥莱伊太太是个节俭的女人；每一分钱都要精打细算。她有一整套非常刻板的花钱的规矩，以至于厨娘想要"捞点油水"，那是万万不可能的。至于她丈夫，也是基本上没有什么零花钱。其实他们日子很宽裕，况且没有孩子；不过奥莱伊太太每次花钱都很心疼，要让她从兜里拿出几个钱来，简直就像割她的心肝肉那么难受；每次要是不得不支出一笔稍大的开销，无论多么有必要，她当天晚上都会睡不安生。

奥莱伊先生总是对自己的太太说："你也该稍微大方一点。我们又没孩子，还不至于动用老本。"

"谁知道会发生什么意外的事，"她总是这么回答，"宁可多了，也不能少了。"

她四十来岁，已经有皱纹了，但干净整齐，精力充沛，脾气很急躁。

丈夫总是抱怨她让自己缺这个少那个的；有时候让他特别难堪，面子受损。

他在陆军部任主任科员，他去那里上班主要是为了满足太太的愿望，好增加家里常年不动用的利息。

他带着一把好多补丁的旧伞去上班，已有两年之久，长期以来都是同事们打趣的对象。他终于厌烦了他们的玩笑，坚持让太太给他买一把新的。她花了八个半法郎买了把新伞，是大商铺用来促销的便宜货。同事们一见到这把在巴黎成千上万售卖的伞，又开始拿他取乐，奥莱伊羞愧难当。这把伞也不顶用，三个月不到就没法再用了。部里还有人为它编了一首歌，在大楼里上上下下从早到晚都能听到有人唱这首歌。

奥莱伊气坏了，跟太太说马上给他买把新的，买一把好绸面的，值二十法郎的，还得把发票给他看看，好确认货真价实。

她用十八法郎给他买了一把，递给丈夫时脸气得通红，说："这一把至少要用五年才行。"

奥莱伊这回心满意足了，他的新伞在办公室里赢得了一片小小的喝彩。

一回到家，太太忧心忡忡地望着这把伞，提醒说："你不该把它用松紧带捆得这么紧；这样子会把绸面弄坏的。你得小心地用它，我可不想再给你买新伞了。"

说着，她拿过伞，放开松紧带，抖了抖上面的折痕，结果一下气得呆若木鸡。绸面正中有个铜钱大小的窟窿，明显是被雪茄烟给烫的。

"这是什么？"她惊叫道。

丈夫看也不看，泰然自若地说："怎么了？出什么事了？"

她怒气冲冲，一时说不出话来。

"你、你、你烧了你的伞！你肯定是、疯了！你想我们没法过日子了吗？"

他转过身，大惊失色。

"你在说什么？"

"我说你烧了自己的伞！瞧、瞧这儿！"

她冲上前来，简直像要打他一样，把烧了小圆洞的地方杵到他鼻子底下。

看见这个洞，他目瞪口呆，只能支支吾吾地辩白："这怎么回事，我怎么知道？我什么都没干啊。我发誓。我一点都不知道这把伞怎么回事。"

"你保准在办公室里拿着这把伞耍弄着玩儿了！你肯定是撑开它在办公室里显摆了！"她尖叫着说。

"我就撑开了一次，让他们瞅瞅这把伞多好看。就只有这一次，我发誓。"

　　她气得浑身颤抖，跟他大吵起来，比起枪林弹雨的战场，那些爱好和平的男人更害怕这种家庭争端。

　　他从颜色不一样的旧伞上裁剪下一块绸子补好了它。第二天奥莱伊带着这把伞灰头土脸地去上班。他把它塞进橱柜，再也不愿去想它，只把这当作一段不愉快的回忆。

　　可这天晚上，一回到家，太太就抢过伞去，打开来检查。这下可不得了，她见到伞的惨状简直要背过气去。灾难已无法弥补。上面密密麻麻的全是一个个小窟窿，明显是被烧的，就像是有人把正在燃着的一斗烟灰倒在了上面。全完蛋了，它已经毁了。

　　因为过于激愤，她一下子说不出话来。他看到伞损坏的样子，也是追悔莫及，目瞪口呆。

　　他们面面相觑，丈夫低下了头。她把这损毁的伞劈头盖脸地扔向他，一时失语的她又能开口了，她气急败坏地尖叫着："啊！你这个畜生！畜生！你是故意的！我得给你点颜色看看！你别想着我再给你买新伞！"

　　又是一场大吵。暴风骤雨足足持续了一个小时。最后他终于能够为自己申辩一两句了，他说，他发誓自己绝对不明白这是怎么一回事。唯一的可能就是有人恶作剧或是报复他才会这么干。

　　门铃响了，他终于得到了解脱；是一位他们请来一起吃饭的朋友。

奥莱伊太太把这事儿告诉了客人。至于再买一把新伞，那是绝无可能；她丈夫再也不会有新伞了。朋友通情达理地开解道：这么一来，奥莱伊的衣服可就要淋坏了，衣服可比伞更值钱。

仍旧愤愤不平的小妇人答道："很好，下雨时他就用厨娘那把伞好了，我绝不会再给他买一把新的绸伞。"

奥莱伊一听说让他用厨娘的伞，火气也上来了："我宁可辞职不干，也不愿拿一把厨娘用的伞到部里去上班。"

朋友调解说："这把也可以换个伞面嘛，也不会花很多钱的。"

然而奥莱伊夫人余怒未消，说："要换伞面，少说也要花八法郎，八加十八，那就是二十六法郎，你想想看，一把伞要花二十六法郎，简直疯了！"

这位朋友也是个过惯了穷日子的小市民，这时忽而有了个绝妙的主意："可以让保险公司来赔付嘛。只要是在家里烧坏的东西，保险公司都可以赔偿的。"

一听这个主意，小妇人马上消了气，想了一会儿，对丈夫说："明天你上班前，得去马泰内保险公司一趟，让他们检查一下你这把伞，赔偿你的损失。"

奥莱伊一听这个建议，差点从座位上跳起来。

"打死我也不去！只是十八法郎而已，就这么点钱，我们不至于为此倾家荡产的。"

次日一早他出门时只带了根手杖，所幸天气还好。

奥莱伊太太一个人留在家，怎么都没法忘记这十八法郎的损失。伞放在餐厅桌子上，她瞅过来瞅过去，拿不定主意。

她心心念念地想着保险公司。可是一想到那些接待自己的人会带着嘲弄的眼神看她，她心里就直打退堂鼓。在外人面前她总是怯生生的，一点鸡毛蒜皮的小事都会让她脸红，要是非得跟陌生人讲话，她更是觉得难为情。

可是十八法郎的损失，实在让她坐立不安，仿佛一记重创似的。她尽力不去想它，可是每时每刻关于这笔损失的记忆总在折磨她。她该怎么办？时光流逝，她怎么也下不了决心。忽然，就像所有胆小鬼会豁出去一样，她也下定了决心。

"我就去，倒要看看会怎么样。"

首先她得将这把伞再收拾收拾，让灾害看起来更严重一点，到时候要求赔偿也更理直气壮一些。她从壁炉上拿了根火柴，在两根伞骨间烧了个巴掌大小的洞；然后她仔细包好伞，缠好松紧带，戴上披肩、帽子，快步向里沃利大街走去。保险公司就在那条街上。

只是她走得越近，脚步放得也就越慢。她该怎么说才好呢？别人又会怎么答她呢？

她瞅了瞅门牌号，还有二十八个号。很好，她还有时间再好好考虑一下。她越走越慢。突然，猛一抬头，见一道门上有一个大铜牌，上面是"马泰内火灾保险公司"几个大字。已经到了！她等了一会儿，因为觉得紧张、害臊，就走了过去，接着又折回来，又走了过去，再折回来。

终于，她横下一条心，对自己说："反正得进去，晚进去不如早进去。"

走进去的时候，她不由得心怦怦直跳。进了一个宽阔的大厅，四面有很多格子窗，每个窗口都能看见一个人头。有个男人抱着一大堆文件经过她，她怯生生地问："打扰了，先生，您能告诉我要是家里烧坏了东西，我要赔钱该去哪儿吗？"

对方用洪亮的声音答道："去楼上，左边第一个门，那里就是理赔科。"

一听"理赔科"这个名称，她又畏缩了，真想一走了之，牺牲掉十八法郎。可一想到这笔数目，她又焕发了勇气。她上了楼，每上一级楼梯都要停一下，累得上气不接下气。

她在楼上第一个门敲了敲，一个响亮的嗓音回答："请进！"

她不假思索地走进去，见到一个大房间，里面有三位神色庄严的绅士，个个都佩戴着勋章，正站在那里谈话。

其中一个问她："夫人，您有何贵干？"

她要说的话难以出口，只能吞吞吐吐地说："我来……我来这儿是为了一桩意外的损失……有样东西……"

对方彬彬有礼地请她落座："您先坐一会儿，稍后我就跟您洽谈。"

他又转向那两位，继续说道："先生们，对于你们的赔付责任，我们公司最多只能承担四十万，你们要求多付十万，实在很难接受。再说，价值评估……"

其中一个打断了他："先生，不用再说下去了，就由法庭来解决我们的纠纷吧。现在我们只能告辞了。"他们鞠躬致意后出去了。

唉，要是她能跟着他们一块出去该多好啊，不如把一切放弃，逃之夭夭，也免得在这里如坐针毡。

那位先生送客人回来，向她施了一礼，问道："有什么要帮忙的吗，夫人？"

她虽觉得难以启齿，但还是竭力说道："我来……我来是为了这个……"

经理惊讶地盯着她递给他的东西。

她的手哆哆嗦嗦地去解松紧带，费了九牛二虎之力才解开，然后猛地一下将那把千疮百孔的伞撑开来。

"看上去损坏得很严重啊。"经理不无同情地说道。

"它花了我二十法郎。"她迟疑地说。

"真的？值那么多钱？"他颇感吃惊似的说。

"真的，买来的时候是一把上好的伞呢，可是您看看它现在这个样子。"

"对对对，我看到了，只是我不大明白这跟我有什么关系。"

她有些忐忑起来，也许这公司不会赔偿这种小损失的吧。她说："可是……可是它被烧了啊。"

对此他没有否认："这个我很清楚。"

她张口结舌，不知道怎么往下说了；忽然，她想起自己遗漏了最重要的事没有说，就急忙道："我是奥莱伊太太，我们在马泰尔公司入了保险。我想要赔偿这把伞的损失。"

因为害怕遭到断然拒绝，她又补上一句："只要修理好就行。"

经理尴尬地说："可是，夫人，我们并不是伞店，我们没法给您修伞。"

这小妇人感觉自己又胆壮起来，要据理力争一番才行啊；她不再怯场了，说："我只是想让你们赔偿修理费，我自己会找人去修的。"

经理面有难色："夫人，这种鸡毛蒜皮的小损失，我们公司还从未受理过这种业务。你想想看，像是手绢啊，手套啊，笤帚啊，拖鞋啊这些小东西，每天都有可能烧坏，我们怎么可能一一去理赔呢？"

她感觉怒气上涌，脸憋得通红。

"可是，先生，去年12月我们的烟囱着火了，至少损失了五百法郎，奥莱伊先生并没向公司提出索赔，现在我只是要求赔偿一把伞，不是合情合理的事吗？"

经理猜到她在撒谎，微笑着说："夫人，如果奥莱伊先生那时没要求赔偿五百法郎的损失，现在却为了区区一把伞五六法郎的修理费要求赔偿，这也太奇怪了吧，您不觉得吗？"

这话并没有难住她，她说："对不起，先生，话可不能这么说，五百法郎花的是奥莱伊先生的钱，现在这笔十八法郎的损失，却是花了奥莱伊太太的钱，这完全是两码事。"

经理眼见自己没法摆脱她，只是在浪费时间，他无可奈何地说："您能告诉我这笔损失是怎么造成的吗？"

她感觉胜利在望，说："是这么回事，先生，我客厅有个青铜做的插伞和手杖的支架，那天我进来的时候就把伞插在里面。我忘了说了，在那上面还有块搁板，烛台和火柴什么的就放在上面。我伸手拿了三四根火柴，划了一根，没有着，又划了一根，倒是着了，可一下又灭了，第三根也是这样……"

经理插嘴开了一句玩笑："我猜，大概是政府公卖的火柴吧？"

她没懂他的意思，继续说："也许是吧。不管怎样，第四根总算划着了，我点上蜡烛，拿着进了自己的房间上了床，可过了大概一刻钟，闻到一股糊味，我最害怕火了，我敢保证，要是我们家里有什么意外的火灾事故，那肯定不是因为我不小心。尤其是在我跟您说的上次烟囱着火以后，我更是紧张得要命。于是我就爬起来，到处闻闻找找，就像猎狗找猎物一样，最后终于发现是我的伞烧着了，很有可能是有一根火柴掉到了里面。你瞧瞧它烧成什么样子了。"

经理已经认了这笔账，问她："这笔损失你估价多少？"

她寻思了好一阵，不知道该要多少，最后为了表示大度，说："不如您叫人换个伞面，任凭您来处理就行。"

经理拒绝了。

"不，夫人，我不能这么干。您告诉我需要申请赔付多少，我只想知道这个。"

"呃……我想，先生，我也不想强人所难，不如这么着，我把伞拿到伞店去修，让他们换上耐用的好绸子，再把票据给您拿来。这样行吗，先生？"

"完全可以，夫人；我们就这样定了。我写个条子您拿去给出纳，花了多少钱，到时候他们会如数支付的。"

他交给奥莱伊太太一个条子，她拿了过去，站起身来，道了声谢就出去了。她生怕他临时变卦，想快点走。

她脚步轻快地走过街道，寻找一家高档漂亮的伞店。发现一家看上去体面阔气的店铺后，她走了进去，自信满满地说："我要给这把伞换个好绸面，要上好的绸面，最好、最耐用的绸面，花多少钱我都不在乎。"

项链

    她是那种天生丽质且顾盼生姿的姑娘，可惜阴差阳错、造化弄人，生在了小职员的家庭。没有嫁妆，没有前程，没有任何渠道可以结识达官显贵，不被人理解、欣赏、爱慕，不能嫁入豪门；她只能听凭人家把自己嫁给一个教育部的小职员。

    因为没法装点自己，她只能穿着朴素；然而她却为此闷闷不乐，就跟贵族下嫁一般；说起来，女人并不是由阶层、种族来决定，美貌、妩媚、风韵就等于她们的出身与门第。天生的聪慧、高雅的品位、灵活的头脑足可以让她们艳压群芳，让平民家的女儿与贵族命妇平起平坐。

    玛蒂尔达自认为生来就该享受精致与奢华的生活，然而简陋的公寓、光秃秃的墙壁、破旧的桌椅、丑陋的窗帘……所有这些都给她带来无穷无尽的痛苦。同阶层的另外一个女子或许对这些根本不以为意，但却让她痛苦、愤懑。看到那个帮她做家务的布列塔尼省的农妇，她感慨万端，浮想联翩。她幻想着那悬挂着东方绸饰的静悄悄的前厅，青铜制的高脚烛台灯火辉煌，两个穿着短裤长袜的高大仆从，被暖气熏得昏昏欲睡，在宽大的圈椅上打盹。她幻想着墙上蒙着古老丝绸的宽大客厅，陈列着无价古玩、玲珑摆件的内客厅，以及芬芳馥郁的小客厅，专门用来作为下午五点钟跟密友清谈之所，座上都是万众瞩目、渴望得到其垂青的知名人士。

她坐下来吃饭时，圆桌上铺的是三天没洗的桌布，对面丈夫掀开汤盆的盖子，眉飞色舞地说："啊，肉汤！再没有比这更美味的了……"她就会幻想那优雅精美的宴席，闪闪发亮的银质餐具，餐厅墙上的挂毯刺绣着古代人物与珍禽异兽，生活在童话般的森林里；她幻想着用美轮美奂的盘碟端上来的山珍海味，一边品尝着粉色鳟鱼或是鸡翅，一边带着高深莫测的微笑听着男人们的喁喁情话。

她既没有华丽的衣着，也没有首饰珠宝，一无所有。可她偏偏喜好这些，认为自己是为了这些而生的。她想要让男子喜欢，惹女人嫉妒，想要倾倒众生，想要人人追捧。

她有个阔绰的朋友，是之前在教会学校的同学，每次去看她回来，都要因为忧伤、懊恼、绝望而痛苦好几天，便不再去看她了。

一天晚上，丈夫手里拿着一个大信封回来，欢天喜地地说："瞧，这可是你梦寐以求的……"

她快速拆开信封，抽出一张请帖，上面印着：

诚邀罗瓦塞尔夫妇出席1月18日星期一晚上本部大厦舞会。

教育部长 乔治·朗彭诺暨夫人

　　她并没有像丈夫料想的那样喜形于色，而是把请帖往桌上一扔，恼怒地说："我要这个干嘛？"

　　"可是，宝贝，我还以为你见了这个会很开心呢。你又没参加过这种场合，这可是个机会啊，而且是个打着灯笼都难找的好机会呢。我可是费了好大劲儿才争取来的。大家都想参加，出席的人都是精挑细选的，小职员给的可不多。你在那儿能见到所有的上层人士。"

　　她怒气冲冲地望着他，不耐烦地说："你让我穿什么衣服去那种地方呢？"

　　他从未想过这个问题，支支吾吾地说："这个……我们去看戏时穿的那套应该可以吧？我觉得还挺漂亮的……"

　　他把下面的话咽了回去，惊慌失措地发觉妻子正在哭泣，两颗大大的泪珠从眼角滚落到嘴边。

　　"怎么啦？怎么啦？"他问。

　　她竭力克制住自己心里的懊恼，把脸颊上的泪水擦干，用冷静的语调答道："没什么。只是没有可以穿出去的衣服，我是不会参加舞会的。把这份请帖让给哪个妻子有体面衣服的同事吧。"

　　他束手无策了，说："我们来商议商议，玛蒂尔达，一件体面的衣服，一件别的场合也能穿的衣服，简单的衣服，要多少钱呢？"

她想了几秒钟，估算了一下价格，同时要考虑这个数目不会让节俭的小职员丈夫立马拒绝，不会让他惊叫起来。

终于，她迟疑地说："我也说不准，但我想四百法郎大概差不多了。"

他脸色有些苍白，因为他正好攒了这么一笔钱，想买一支猎枪，到明年夏天好跟朋友周日去南泰尔平原打鸟玩儿。不过，他毅然回答："好，我给你四百法郎，尽量做一件漂亮的衣服吧。"

舞会的日期临近了，虽说衣服已经准备好，罗瓦塞尔夫人却心事重重，老是忐忑不安。

一天晚上，丈夫对她说："你怎么了？这两三天，你看上去好古怪。"

她答道："我没有一件珠宝，一件首饰，可以做装点。到时候我看起来会好寒酸。我宁可不参加什么舞会了。"

他说："你可以戴几朵鲜花。这个季节它们看上去挺漂亮的。花上十法郎就能买两三朵很漂亮的玫瑰花。"

这可说服不了她："不，再也没有比在一群阔太太中间显得寒酸更丢人的了。"

她丈夫猛地叫了一声："哎，我们真是都糊涂了！你可以去你的朋友弗雷迪埃夫人那里，跟她借几件珠宝来用。你跟她是老交情了，麻烦她这点事还是可以的。"

她惊喜地喊道:"对啊,我怎么没想到这个!"

第二天,她去了朋友家,诉说了自己的苦恼。弗雷迪埃夫人走到自己带镜子的橱柜前,取出一个大珠宝盒子,拿过来打开,对罗瓦塞尔夫人说:"亲爱的,你挑吧。"

她先是看见一些手镯,然后又看到一个珍珠项圈,还有在威尼斯做的镶嵌珠宝的金十字架,做工极其精良。她在镜子前面把这些首饰试来试去,踌躇再三,拿不定主意选哪一件,也舍不得交还给主人。她问:"别的还有吗?"

"有啊,你自己挑吧,我也不知道你喜欢什么样的。"

忽然,她在一个黑缎盒子里见到一条精美绝伦的钻石项链,马上心潮澎湃起来,升起一股想要拥有的渴望。她用颤抖的手把它拿起来,戴在脖子上。望着镜中的自己,她欣喜若狂,问:"能借我这个吗?只借这个就行。"

"当然可以。"

她搂着朋友的脖子,亲热地吻了一下,之后带着这件宝贝跑回了家。

舞会的日子到了。罗瓦塞尔夫人大获成功。她是舞会上最美丽、最优雅、最迷人的女子,她笑逐颜开、满心欢喜。所有男人都在盯着她,打听她姓甚名谁,求人介绍她。部长办公室的职员竞相和她跳舞。部长也留意到了她。

她淹没在快乐里，热烈、兴奋地跳着舞，别的什么都不想。她的美貌获得了胜利，她的成功荣耀无比，她在幸福的云端漂浮，这些殷勤、赞美、垂涎，这完完全全的胜利，对女人的心来说是何等甘美啊。

她在早上四点才离开舞会。从午夜开始，她丈夫就在一个冷清的小客厅里睡觉，另外几个妻子在尽情享乐的先生和他待在一起。

他在妻子肩膀上披了他带来的衣服，那日常穿的普通衣服，与高雅的舞会装一比，实在是寒酸。她感觉到了这一点，想尽快出去，免得让那些裹着昂贵皮衣的贵妇们瞧见。

罗瓦塞尔想叫住她："等一等，你这样会着凉的。我先去叫辆车来。"

但她不想听，快步下了楼梯。等他们来到街上时，却没见到马车，只好到处找，看见车就远远地召唤车夫。

他们失望透顶、哆哆嗦嗦朝塞纳河走去，最后在河边码头上找到一辆破旧的夜间小马车。这种寒碜的马车只有在入夜后的巴黎才能见到，就好像白天出来它们会感到羞耻一样。

马车把他们一直送到烈士大街的家门前。他们凄凉落寞地上楼回到家。对她来说，一切都结束了。至于他，想的只是十点钟还得去上班。

她脱下身上披的衣服，好在镜子前面最后再看一眼自己的荣光。

她猛地惊叫了一声。项链不见了！

丈夫已经脱了一半衣服，问道："怎么了？"

她转身向他，说："我……我……我把弗雷迪埃夫人的项链弄丢了……"

他惊慌地站起来："什么？怎么回事？不可能！"

他们在裙子的褶皱，在斗篷的褶层间，在口袋里，到处寻找，但都不见项链的踪影。

他问："你确认离开舞会时还戴着它吗？"

"是啊。我们出来时，在前厅那里我还摸过它呢。"

"如果是在街上掉的，我们应该会听见响声才对。肯定是落在车上了。"

"嗯，有可能，你记下车号了吗？"

"没有，你呢？有没有注意车号？"

"没有……"

他们呆若木鸡地望着彼此，最后，罗瓦塞尔先生重新穿好了衣服。

"我把我们回来的路重新都走一遍，看看能不能找到。"

他出去了。她还穿着舞会的礼服，没有上床的力气。她靠在椅子上，热情早已熄灭，脑子里一片茫然。

到了七点钟，丈夫回来了。他什么都没找到。

他去了警察局，又去了报社，登了悬赏的寻物启事，还去了车行打听。总之凡是能有一点希望的地方，他都跑了一趟。

她等了一整天，跟丈夫一样，在这可怕的灾难面前，狂乱而恐惧。罗瓦塞尔先生晚上回来时脸色发青，他毫无所获。

"得给你朋友写封信，就说项链扣弄坏了，要找人修一下。这样我们才有时间看看怎么应付。"

一星期过后，眼看着已是毫无希望。罗瓦塞尔足足老了五岁。"我们只能想办法再买一串项链还给她了。"

第二天，他们带上那个珠宝盒子去找珠宝商——盒子上有珠宝商的字号。商人查了下自己的账簿，说："盒子是我配的，不过项链并不是从我这里卖出去的。"

于是他们从这家珠宝店跑到另一家珠宝店，凭借着记忆，一家一家地想找跟那一串一模一样的项链。两人又是懊恼，又是忧虑，都快急出病来了。

最后，他们在王宫附近一家珠宝店发现了跟丢掉的那条一模一样的项链。它标价四万法郎，可以花三万六千法郎买下。

他们请求珠宝商在三天内不要卖掉它，并且谈妥了，万一他们能在二月底找回失物，可以让珠宝商以三万四千的价格再收回。

罗瓦塞尔有父亲留下的一万八千法郎，剩下的只能靠借贷了。

他跟这个借一千，跟那个借五百，跟另一个借一百，再跟另一个借六十。他签了很多借条，利息高得吓人，他跟放高利贷的、跟所有那些靠放债牟利的人借钱。他把自己的下半生都抵押了出去，冒着不知能否偿还的风险胡乱签下自己的名字。将来的麻烦，马上要面临的窘况，物质上的贫困，精神上的折磨，所有这些都让他担惊受怕、如芒在背，他就这么在商人的柜台上放下三万六千法郎，买下了那条新项链。

罗瓦塞尔夫人把钻石项链还给弗雷迪埃夫人时，对方不咸不淡地说："你该早点把它还给我的，我也可能用到它啊。"

她没有如她朋友担心的那样打开来看。要是她发现珠宝掉包了，她会怎么想呢？会说什么呢？会不会以为自己是个窃贼？

罗瓦塞尔夫人现在尝到穷人生活的可怕滋味了。不过，她毅然决然地承担起了自己的责任。债务是一定要偿还的，必须得还清。他们辞退了女仆，搬了家，租了一个紧挨着屋顶的阁楼来住。

她开始领教家务是何等繁重，而料理厨房是多么讨厌的工作。她要洗杯碗盘碟，用玫瑰色的指甲去洗刷油腻的瓶瓶罐罐和汤锅底；她要洗脏衣服、衬衫和洗碗布，挂在绳子上晾干；她要每天一早去街上倒垃圾，然后提上水来，每层楼都要歇歇脚、喘口气；她穿得像平头百姓家的女人，胳膊上挎着篮子，去杂货店、肉店、水果店买东西，不顾别人的白眼，为了一个子儿跟人讨价还价。

每个月都得还一些债，另外一些需要延期。

丈夫晚上帮一些商人理账，经常抄写到深夜，每抄写一页纸赚五个苏。

这种生活持续了十年。

十年后，他们终于还清了所有债务，包括高利贷的利息和利滚利的利息。

罗瓦塞尔夫人看上去老了。她成了一个穷人家的女人，强壮、坚韧、粗鲁。她的头发乱蓬蓬的，裙子歪歪斜斜的，手红通通的，说起话来粗声大气，洗地的时候用一大桶水。只是有时候，当丈夫去上班以后，她在窗前坐下，总免不了还会想起当年那个舞会，那个舞会上她是如此美丽迷人，如此受到大家追捧……

如果她没有丢那串项链，会怎样呢？谁知道？谁又能知道？生活是多么奇特，多么跌宕起伏啊！一件微不足道的小事就把我们毁了！

一个周日，在辛苦了整整一周后，她到香榭丽舍大街去散步解闷，正巧遇见一个和小孩散步的女人，弗雷迪埃夫人，她仍旧那么年轻，那么美貌，那么迷人。玛蒂尔达激动万分，她该跟她打招呼吗？是的，当然。现在她已经还清了所有债务，可以把一切告诉对方了。为什么不说呢？

她走近对方。

"你好啊，让娜。"

她的朋友一点都没认出她，为这样一个普普通通的平民女子跟她这么亲密地打招呼而愣住了。

"可是……太太……我不认识……你肯定认错人了吧？"

"没有，我是玛蒂尔达·罗瓦塞尔啊。"

她的朋友惊呼了一声。

"啊！我可怜的玛蒂尔达！你变成这样子了！"

"是啊，自从我上次跟你见面以后，一直过着艰苦的日子，穷困的日子，而这……都是因为你！"

"因为我？为什么这样说？"

"你还记得你借给我去参加部里的舞会的那串项链吗？"

"记得啊，怎么了？"

"我把它丢了。"

"这怎么可能，你不是还给我了吗？"

"我还给你的是一模一样的另外一条新的，这笔钱我们足足花了十年才还清。对我们这种一无所有的人来说真不容易啊。不过现在已经还清了，我也就心满意足了。"

弗雷迪埃夫人惊诧地停下脚步，说："你的意思是，你又买了一条钻石项链来代替我那一条？"

"对啊，你那时没发现吧。它们确实是一模一样。"

她笑起来，自豪里带着天真的快乐。

弗雷迪埃夫人深深触动，拉着罗瓦塞尔夫人的双手，说："唉！我可怜的玛蒂尔达，我的那条钻石项链是假的，最多值五百法郎！"